KB078044

스페셜 원

가장 특별한 감독

스페셜 원: 가장 특별한 감독 4

스틸펜 장편소설

초판 1쇄 찍은 날 § 2019년 12월 20일
초판 1쇄 펴낸 날 § 2019년 12월 27일

지은이 § 스틸펜
펴낸이 § 서경석

총괄팀장 § 노종아
편집책임 § 박현성
디자인 § 소소연

펴낸곳 § 도서출판 청어람
등록번호 § 제387-1999-000006호
등록일자 § 1999. 5. 31
어람번호 § 제1-3071호

주소 § 경기도 부천시 부일로 483번길 40 서경B/D 3F (우) 14640
전화 § 032-656-4452 팩스 § 032-656-4453
http://www.chungeoram.com
E-mail § chungeorambook@daum.net

ⓒ 스틸펜, 2019

ISBN 979-11-04-92109-4 04810
ISBN 979-11-04-92074-5 (세트)

스페셜 원

가장 특별한 감독

4

청어람
도서출판

스틸펜 장편소설

FUSION FANTASTIC STORY

스페셜 원

가장 특별한 감독

CONTENTS

20 ROUND
새로운 둥지II

라이프치히 선수들의 연령층은 모두 어리다고 할 수 있는 편이었다.

골키퍼 콜토르티는 37세의 노장이지만 이미 백업으로 선수 생활의 마지막을 준비 중이었고, 4부 리그 때부터 함께한 미드필더 카이저가 29살인 정도였다.

젊은 유망주를 슈퍼스타로 키워내겠다는 영입 정책.

이러한 영입 정책은 선수단을 잠재성과 에너지가 넘치도록 꾸릴 수는 있다. 다만 경험 측에서 미숙함이 드러났다.

지금 라커 룸에 있는 대부분의 선수들은 우승 경험이 없다.

그런 상황에 새로 나타난 감독이 갑작스레 우승을 입에 담았다.

'우승이랜다.'

선수들의 반응은 미적지근했다.

물론 그들이 거둔 두 번 연속의 준우승은 분명 뛰어난 성적이다.

하지만 우승 경쟁을 할수록.

그럴수록 바이에른 뮌헨과의 격차를 실감할 뿐이었다.

첫 준우승 때 바이에른의 감독은 안첼로티였다. 팬들에게 엄청난 욕을 먹었던 그도 첫 시즌에는 승점을 15점으로 벌리며 압도적인 우승을 했다.

그리고 지난 시즌에는 돌아온 노장 하인케스가 승점을 18점으로 벌리며 엄청난 격차를 확인시켰다.

최선을 다했던 시즌임에도 더 벌어진 점수 차를 보며, 선수들은 자기도 모르게 그들의 위치를 고정시키고 있었다.

이 정도면 잘했다면서.

우리는 여기까지인가 보다 하고.

그렇기에 선수들은 쓴웃음을 지으며 고개를 끄덕였다. 감독의 말이니 일단 알겠다고 대답을 하는 것일 뿐.

'안 믿는군.'

원지석 역시 선수단의 심리를 깨달았다.

당연하다면 당연한 반응이었다.

아직 그들 사이에선 아무런 유대가 없었기 때문이다.

하지만 이미 주사위는 굴려졌다.

믿지 않으면 믿게 하는 수밖에.

그는 프리시즌 동안 높은 강도의 훈련을 실행했다. 시즌 중에는 빡센 훈련이 사실상 불가능하기에 지금 몸을 최대한 만들어야만 했다.

가혹한 채찍질에 훈련 중 구토를 하는 선수마저 있을 정도였다. 훈련장 배수로에 신물을 쏟아내던 어린 선수의 등을 두드려 주며 원지석이 물었다.

"괜찮냐?"

"네? 네. 고마워요."

"힘들지?"

"힘들어도 꼭 필요한 거잖아요?"

그렇게 말하고 돌아가는 녀석의 등을 보던 원지석이 괜히 볼을 긁적였다.

의외로 불만은 나오지 않았다.

이게 당연하다는 것처럼 묵묵히 훈련을 하는 선수들을 보며 잉글랜드와 독일의 분위기 차이를 느낄 수 있었다.

'이게 다르네.'

첼시의 정식 감독으로 부임하고 첫 프리시즌에 있었던 일이었다.

당시 원지석은 지난 시즌 같은 슬럼프를 겪지 않기 위해 선수들을 빡세게 굴리며 몸을 만들게 했다.

당연히 선수들의 불만이 나왔다.

물론 불만을 토하면서도 시킨 훈련은 다 했다만 당시에는 좋은 소리가 나오지 않았다.

그러나 시즌을 치르면서 그 효과를 체감하자 결국 고개를 끄덕였다.

시즌 중에는 훈련의 강도가 낮아졌다지만, 그럼에도 그때 만들어둔 단단한 토대 덕분에 좋은 경기력을 유지할 수 있었기 때문이다.

라이프치히 선수들 역시 새로운 훈련 방법에 놀라는 중이었다.

원지석은 훈련장에 드론과 스카우트 팀을 끌고 왔다. 그리고 선수들의 훈련 장면을 모든 각도에서 기록했다.

"이것 봐. 여기 너 혼자 라인이 안 맞지?"

그의 지적에 센터백인 우파메카노가 고개를 끄덕였다. 옆에서 보는 거면 몰라도 위에서 촬영 중인 드론은 작은 실수마저 놓치지 않았다.

이는 현재 유럽에서 가장 어린 감독들인 나겔스만과 원지석이 쓰며 유명세를 탄 훈련법이었다.

그들은 훈련장에 새로운 기술들을 적극적으로 투입했다.

드론 말고도 골키퍼 훈련용 기계나, 순간순간 열리는 입구에 공을 집어넣어야 하는 기계도 들여왔다.

「[키커] 분데스리가에 부는 새로운 바람」

이러한 새 방식을 벤치마킹하는 구단들도 부쩍 늘었다. 잉글랜드에서야 첼시의 압도적인 우승 이후 도입하는 구단들을 심심치 않게 볼 수 있었고.

원지석은 이런 강도 높은 훈련을 단순한 피지컬 훈련으로 끝내길 원치 않았다.

그는 선수들에게 용감해질 것을 주문했다.

선수 중에는 머릿속에 너무 많은 고민을 하는 유형이 있다.

여기서 슛을 할지 패스를 할지 고민한다거나, 혹은 태클을 해야 되는 걸까 망설인다거나.

경험이 부족한 라이프치히의 선수들에게서 이런 점을 자주 발견할 수 있었다.

감독이 원하는 건 용감한 선수였다.

선수는 자신의 플레이에 겁을 먹어서는 안 된다.

물론 그게 아무 생각 없이 플레이하라는 뜻은 아니다.

선수는 지금 자신이 무엇을 하고 있는지 알고 있어야만 했다. 자신이 어디에 슛을 하는지, 패스를 하는지, 태클을 하는지.

그 변화로 앤디를 들 수 있었다.

유소년 시절의 앤디는 자신의 플레이에 자신감을 가지지 못했다.

나 따위가, 여기서 패스를 해서 실수를 하면 어떡하지, 슈팅을 하다 욕을 먹는 건 아닌 걸까.

이렇게 오지도 않은 상황을 상상하며 겁을 먹었다. 그렇기에 원지석은 유소년 감독 시절부터 앤디의 그런 면을 고치려 애썼다.

고된 노력 끝에 앤디는 어느 순간부터 눈을 감지 않았다.

그리고 녀석은 지금 리그에서 최고로 꼽히는 미드필더 중 하나가 되었다.

'앤디에게만 해당되는 이야기는 아니야.'

땀을 흘리는 선수들이 보였다.

저 녀석들이라고 해서 그런 변화가 불가능하란 법은 없었다.

모두에게 그런 가능성은 있다.

아니.

가능하게 만들 것이다.

                    *   *   *

「[키커] RB 라이프치히, 세리 영입 발표」
「[빌트] 장 미카엘 세리, 나는 케이타의 대체자가 아니다」

마침내 세리의 영입이 발표되었다.

그는 리버풀로 떠난 케이타의 공백 그 이상을 채워줄 것으로 기대를 모았다.

다만 선수 본인은 케이타와의 비교를 거부하며 선을 그었다. 원지석 역시 신입생에게 부담을 주는 것은 원치 않았기에 팬들에게 자제할 것을 당부했다.

「[키커] 새로운 센터백을 원하는 원지석」
「[ABC] 호세 히메네스에게 러브 콜을 보내는 라이프치히!」

라이프치히의 이적 시장은 아직 끝나지 않았다.

그중에서도 원지석은 수비진의 퀄리티를 한 단계 높이길 원했다.

기존의 센터백인 빌리 오르반과 다요 우파메카노는 나쁘지 않은 선수들이었다. 다만 챔피언스리그까지 뛰는 마당에 확실한 수비수의 영입은 필수였다.

기존의 센터백들과 경쟁을 하고, 체력적인 부담을 나눠줄 수 있는 선수.

수비형미드필더인 슈테판 일잔커가 센터백을 소화할 수 있지만, 그는 전문적인 센터백이 아니다.

그러한 상황에 라이프치히는 세 명의 센터백을 영입 대상으로 올렸다.

라치오의 스테판 데 브리.

라스팔마스의 마우리시오 레모스.

그리고 AT 마드리드의 호세 히메네스.

현재 폼이 가장 뛰어난 것은 데 브리였다. 다만 그는 전성기를 구가하는 선수인 만큼 높은 가격이 걸림돌이 되었다.

마우리시오 레모스는 랄프 랑닉이 강력하게 추천한 선수였다. 95년생의 센터백인 레모스는 자국인 우루과이에선 고딘의 후계자로 불리는 모양이었다.

다만 원지석은 레모스보다 더 확실한 매물인 호세 히메네스를 원했다.

호세 히메네스는 이미 몇 시즌 전부터 AT 마드리드에서 잠재력을 보여준 선수였다.

맨마킹과 태클, 압박 같은 수비 능력이 매우 뛰어나 레모스처럼 고딘의 후계자로 불리던 시절이 있었다.

다만 어느 순간부터 사비치에게 주전 자리를 내주더니, 지난 시즌에는 기어코 뤼카 에르난데스에게도 밀리며 네 번째 옵션으로 전락하고 말았다.

AT 마드리드로선 언제 노쇠화가 찾아올지 모르는 고딘의 후계자로 히메네스를 잡고 싶었다.

다만 네 번째 옵션으로 밀려난 히메네스는 재계약을 거절하며 팀을 떠날 것을 알렸다.

그의 계약기간은 2020년까지인 만큼 남은 계약기간은 1년. 그만큼 이적료도 저렴해졌기에 많은 클럽들이 군침을 삼키는 상황이었다.

「[BBC] 히메네스를 노리는 EPL 클럽들!」

「[ABC] 뜨거워진 히메네스의 이적」

AT 마드리드는 3,000만 유로를 일시불로 받고 옵션을 추가로 넣는 조건을 받아들였다.

이제 남은 것은 히메네스의 선택이었다.

그는 자신에게 구애하는 클럽들을 보며 조건을 하나씩 따졌다.

팀의 위상, 주급, 그리고 팀에서의 주전을 보장할 수 있는지를 말이다. 그런 점에서 라이프치히는 히메네스에게 매력적인 클럽이었다.

챔피언스리그에 나갈 수 있으며, 레드불이라는 거대 자본을 등에 업었고, 원지석이라는 최근 유럽 축구계에서 가장 유명한 감독이 있었으니까.

남은 것은 주전 자리에 대한 보장이었다.

원지석은 전화로 히메네스를 설득했다.

"내 팀에 무조건적인 주전은 없어요. 자신의 가치를 증명하는 것은 선수 본인의 몫입니다."

말을 하고 난 뒤에야 혹시 오지 않으면 어쩌나 싶었다. 다행히 히메네스에겐 그 말이 퍽 마음에 들었던 모양이었다.

「[오피셜] RB 라이프치히는 호세 히메네스의 영입을 알립니다」

사진에는 원지석과 함께 웃고 있는 히메네스의 모습이 찍혔다. 결국 다른 클럽들의 구애를 뿌리치고 라이프치히에서 새로운 도전을 택한 것이다.

구단은 새로운 선수들을 소개할 겸 세리와 히메네스의 기자회견을 가졌다.

"세리에게 최고의 포지션은 어디라고 생각하십니까?"

세리는 공격형미드필더부터 레지스타 롤까지 뛸 수 있는 선수였다. 팬들은 그런 선수에게 어떤 역할을 줄지 궁금해했고,

기자들이 대신해서 물었다.

"중앙미드필더죠. 그래도 꼭 거기서만 뛰라는 법은 없으니 까요."

원지석은 어깨를 으쓱였다.

그는 멀티플레이어를 선호했다.

상황에 따라 부여받는 롤이 다르다는 건 이미 세리에게도 해준 말이었다.

"호세 히메네스는 독일어를 할 줄 모르는 선수입니다. 수비 진에게 언어 문제는 치명적인 점이 아닌가요?"

"저를 비롯한 코치진, 선수들 중에는 스페인 말을 할 줄 아 는 사람들이 있어요. 히메네스가 적응할 수 있도록 최선을 다 할 겁니다."

이후로는 선수들의 인터뷰가 이어졌다.

새로운 팀에서의 도전을 즐길 것이다, 지난 팀에게 행운을 빈다, 이런 이야기를 하는 사이.

독일 축구계가 술렁이게 될 기사가 발표되었다.

「[키커] 랄프 랑닉, 우리는 어떤 팀처럼 분데스리가 경쟁 팀의 핵심 선수를 빼오지 않는다」

라이프치히가 투하한 폭탄.

사실상 바이에른 뮌헨을 저격한 인터뷰라고 할 수 있을 것이다.

물론 레버쿠젠이나 도르트문트처럼 찔릴 팀이 한두 곳이 아니지만, 분위기상 바이에른을 노렸다는 것을 모르는 사람은 없었다.

「[키커] 회네스, 랄프 랑닉은 헛소리를 하고 있다」

바이에른도 바로 반격에 나섰다.

구단의 회장인 울리 회네스가 직접 인터뷰를 통해 랄프 랑닉의 말을 반박한 것이다.

물론 라이프치히 역시 그런 사실을 모르고 저격한 것은 아니었다. 오히려 알기에 그런 말을 한 거였지.

「[키커] 랄프 랑닉, 우리는 다른 팀을 말한 건데?」

찔리는 거 있어?

라이프치히의 조롱에 독일 축구계에 팽팽한 긴장감이 찾아왔다.

그동안 도르트문트가 바이에른 뮌헨을 비판한 적은 몇 번 있었다. 그러나 이렇게 수위 높은 말을 한 적은 없었다.

그들 역시 다른 팀에서 핵심 선수들을 빼온 전례가 있기에 제 얼굴에 침 뱉기라는 것을 알기 때문이다.

반면 라이프치히는 달랐다.

레드불 프로젝트.

브라질, 미국, 독일, 오스트리아에 걸친 축구 팀 프로젝트.

유럽과 아메리카에 만들어진 팀들은 이후 서로 간의 긴밀한 협력을 맺는다. 실제로 이러한 팀들에서 활약하고 라이프치히에 진출한 선수들은 많았다.

대표적으로 나비 케이타를 들 수 있다.

오스트리아의 레드불 잘츠부르크에서 활약한 케이타는 이후 분데스리가에서도 최고의 활약을 보여주며 리버풀로 이적했다.

그뿐만이 아니라 팀의 핵심 윙어인 마르셀 자비처도 잘츠부르크에 임대를 다녀왔고, 현재 팀의 핵심 풀백인 베르나르두도 레드불 브라질에서 건진 선수였다.

이런 점에서 보더라도 라이프치히는 확실히 분데스리가의 이단아였다.

그러나 이단아이기에 그런 말을 할 수 있었다.

「[빌트] 분데스리가에 감도는 전운」

사람들도 이 심상치 않은 분위기를 눈치챘다.

전에 없던 서늘한 느낌.

역사도, 전통도, 트로피도 없는 신생아 팀의 살벌한 도전장.

하지만 트로피가 없다면 라이프치히의 말은 결국 약자의 투정에 그칠 것이다.

「[빌트] 라이프치히는 그 자존심을 지킬 수 있을까?」

사람들의 관심은 라이프치히에 쏠렸다.

곧 시작할 경기에서 그 첫 단추를 꿰는 모습을 볼 수 있을 것이다.

분데스리가 개막전.

원지석의 공식 데뷔전이자 라이프치히의 명운이 걸린 시즌의 첫 경기.

상대는 볼프스부르크.

리그에서 잔뼈가 굵은 강호였다.

볼프스부르크는 최근 그 분위기가 좋지 못한 팀이었다.

케빈 데 브라이너가 있을 때만 하더라도 그들은 뮌헨과 우승 경쟁을 했지만, 데 브라이너의 이적 이후에는 심각한 부진에서 헤어 나오지 못했다.

준우승 팀이 8위로 내려앉을 때만 하더라도 팬들은 다시 재기할 수 있을 거란 믿음을 버리지 않았다.

그러나 그다음 시즌엔 강등권 싸움을 하다 겨우 잔류에 성공했고, 다다음이자 지난 시즌에는 14위라는 만족 못 할 순위에서 그쳐야 했다.

그랬기에 볼프스부르크는 이번에야말로 반전을 노리는 중이었다.

그런 그들의 상대는 라이프치히.

최근 분데스리가를 직접적으로 비판하며 공공의 적으로 떠오른 팀.

팬들은 저 근본 없는 녀석들에게 패배하는 걸 절대 용납하지 않을 것이다. 마틴 슈미트 감독 역시 이러한 열기에 영향을 받았다.

볼프스부르크는 451의 포메이션을 꺼내 들었다. 공격보다는 중원에서의 우위를 가져가겠다는 전술이었다.

원지석은 442의 포메이션을 사용했다.

포백으로는 할슈텐베르크, 오르반, 히메네스, 베르나르두가.

미드필더로는 에밀 포르스베리, 디에고 뎀메, 세리, 마르셀 자비처가.

공격수는 베르너와 폴센이 이름을 올렸다.

양 윙어인 포르스베리와 자비처를 위한 전술이라고 봐도 좋았다. 이제는 유망주가 아닌 리그 최고의 미드필더로 꼽히는 둘은 라이프치히의 핵심 선수들이었다.

─전임 감독인 하센휘틀 시절과는 비슷하면서도 다릅니다.

─그렇게 보이는군요. 하센휘틀 때의 라이프치히는 442가

아닌, 윙어를 공격형미드필더 자리에 배치한 4222 포메이션을 썼었거든요.

4222 포메이션은 측면이 헐거워지는 단점 때문에 비판을 받았어도, 라이프치히의 돌풍을 만들었던 전술이었다.

다만 지난 시즌에는 자비처의 부상으로 433 전술을 써야 했다. 핵심 선수의 이탈과 낯선 포메이션으로 힘겨운 싸움을 해야 했지만.

사람들은 새로 온 이적생들이 어떤 활약을 보여줄지, 또 새로 온 감독은 어떤 팀을 만들었을지 기대를 하며 경기를 지켜보았다.

선축은 볼프스부르크였다.

먼저 수비진 쪽으로 공을 돌린 그들은 미드필더를 통해 천천히 라인을 올렸다.

다섯 명의 미드필더는 확실히 중원에서 수적 우위를 가져갈 수 있었다. 다만 그게 효율적인 공격이란 소리는 아니었다.

"저쪽 막아!"

센터백이자 팀의 주장인 빌리 오르반이 빈 공간을 파고드는 녀석을 가리켰다.

그 선수의 이름은 막시밀리안 아놀트.

볼프스부르크의 유스 출신 미드필더로, 수비형미드필더에

서 공격형미드필더까지 뛸 수 있는 다재다능한 선수였다.

그런 아놀트와 짝을 맞춘 블라시코프스키가 땅볼 크로스로 수비진을 벗겼다.

벌써부터 위험한 장면이 나오는 건가 싶었지만, 히메네스가 패스 길목을 차단하며 공을 가로챘다.

한순간이지만 팬들이 바라던 장면이었다.

주장인 빌리 오르반은 수비진을 조율할 줄 아는 센터백이지만, 수비력에서 큰 강점을 보이는 선수는 아니다.

그런 오르반의 파트너로 히메네스는 이상적인 센터백이었다.

히메네스는 수비 능력으로 모난 게 없다는 평가를 받지만 멘탈이 흔들릴 경우 시야가 좁아지는 모습이 자주 나오곤 했다.

원지석은 그런 오르반과 히메네스를 세우며 서로의 단점을 지워줄 조합으로 만들었다.

―히메네스의 패스를 받은 세리가 전진합니다!
―좋은 드리블이군요!

짧은 패스를 받은 세리가 매끄러운 드리블로 볼프스부르크의 압박을 벗어났다.

세리는 패스만이 아니라 드리블, 탈압박 같은 테크닉도 뛰어난 선수였다. 아프리카의 사비라는 별명은 괜히 붙은 게 아니다.

다만 다섯 명의 미드필더로부터 나오는 압박은 상상 이상이었다. 꽉 막힌 중앙을 보며 세리가 측면을 향해 길게 공을 찔렀다.

그 공을 잡은 사람은 에밀 포르스베리.

스웨덴 대표 팀에서 즐라탄 이브라히모비치의 뒤를 이어 10번을 받은 선수.

그는 분데스리가에서 최고의 윙어 중 하나로 꼽히는 측면 플레이메이커였다.

팀 내에서도 포르스베리는 핵심적인 선수였다. 측면에서의 볼 운반, 공격 지휘, 패싱, 활동량까지 뭐 하나 빠지는 게 없었기 때문이다.

그런 점은 볼프스부르크 역시 잘 알고 있는 사실이었다. 중원에서 압박을 하던 선수들 몇 명이 측면을 커버하기 위해 붙었다.

두 명의 미드필더와 풀백의 수비 지원에 포르스베리는 탈압박 대신 긴 패스를 선택했다.

쾅!

강한 힘이 실린 얼리크로스가 페널티에어리어를 향해 휘어

들어갔다.

─아! 폴센이 헤딩 경합에 성공합니다!

유수프 폴센은 193㎝라는 큰 키를 가진 공격수였다. 팀이 3부 리그일 때부터 합류한 그는 이후 부족한 득점력을 보이며 자신의 플레이 스타일을 바꾸었다.

그것은 상대방을 압박하는 타깃형 스트라이커가 된 것이다.

바로 지금처럼.

─폴센의 헤딩이 베르너의 앞으로 정확히 떨어집니다!

베르너는 빠른 발을 이용해 수비수 사이를 침투하는 선수였다. 슈팅 역시 수준급이라 지난 시즌에도 22골을 넣었다.

텅!

하지만 베르너의 슈팅은 허무하게 골문 밖을 벗어나고 말았다.

─아아아! 이게 뭔가요! 티모 베르너의 한심한 슈팅!

해설들이 관중석에 들어간 공을 보며 소리를 질렀다. 설마 저 찬스를 놓칠 거라곤 상상도 하지 못한 모양이었다.

티모 베르너 역시 허망한 눈으로 관중이 경기장 안에 던진 공을 보았다. 이게 자신이 날린 슈팅이 맞나 싶었다.

"정신 똑바로 차려!"

원지석이 베르너에게 소리를 질렀지만 이후에도 나아지는 모습은 보이지 않았다.

오히려 폴센의 활약이 눈에 띄었다.

3부 리그와 1부 리그의 수비 수준 차이를 실감한 그는 많은 활동량을 통한 디펜시브 포워드로 역할을 바꾸었다. 때로는 수비형 윙어로 나오기도 했다.

오늘 그는 볼프스부르크의 수비형미드필더와 센터백들을 꾸준히 압박하며 많은 기회를 만들었다.

오른쪽 윙어이자 측면공격수인 자비처의 골을 만든 것도 그의 압박이 만들어낸 찬스였다.

─고오올! 마르첼 자비처의 환상적인 슈팅!

─폴센이 태클로 따낸 공을 달려와 슈팅으로 연결합니다!

자비처가 카메라를 향해 포효하며 셀레브레이션을 즐겼다. 다만 팀 동료의 골을 축하하면서도 베르너의 얼굴은 그리 밝은 편이 아니었다.

"쟤 안 되겠다."

원지석의 옆에 앉은 케빈이 혀를 찼다.

베르너는 프리시즌부터 좋은 컨디션을 보여주지 못했다.

당시에는 이적을 하지 못해 멘탈에 문제가 생긴 건가 싶었지만, 일단 곧 폼을 회복할 거라 믿었다.

그런데 지금 경기를 뛰는 모습을 보니 그때의 여파가 아직까지 남은 모양이었다.

"태업인지 아닌지."

그가 전술 보드를 툭툭 건드리며 중얼거렸다.

일단 몸 상태에 문제는 없었다.

그렇다고 태업으로 단정 짓는 것도 무리가 있었다.

프리시즌에 있던 빡센 훈련도 참고 견딘 베르너였다. 훈련에서는 또 곧잘 했기 때문에 아무래도 복잡한 주변 상황에 멘탈이 흔들린 모양이었다.

결국 이러한 문제는 후반전에 영향을 끼쳤다.

―아, 베르너가 교체되는군요!

―티모 베르너가 나가고 장케뱅 오귀스탱이 들어옵니다.

하프타임이 끝나고 베르너는 벤치로 내려왔다.

장케뱅 오귀스탱은 프랑스 출신의 공격수로 PSG에서도 기대를 받는 유소년이었다.

 최근에는 첼시의 제임스나 앤디, 혹은 모나코 시절의 음바페 같은 원더 키드들이 미친 활약을 보여주며 묻혔다지만 그역시 뛰어난 잠재력을 가진 선수.

 지난 시즌에는 리그에서 9골 6도움이라는 괜찮은 모습을 보여주었다.

 보통은 베르너의 체력적인 부담을 줄여주거나, 폴센과 주전 경쟁을 펼치며 로테이션을 돌렸다지만 오늘 같은 경우는 드물었다.

 ─그만큼 베르너의 모습이 실망스럽긴 했죠.

 ─반대로 데뷔전을 치르는 세리와 히메네스는 괜찮은 퍼포먼스를 보여주고 있습니다. 마치 원래부터 라이프치히에 있었던 선수들처럼요.

 세리는 가끔 팀원과의 호흡이 어긋나는 장면이 나왔지만 그걸 감안하더라도 나쁘지 않은 퍼포먼스였다.

 히메네스 역시 마찬가지다. 가끔 경기 중 기분이 고양되면 앞으로 튀어나가려는 걸 오르반이 잘 잡아 수비 라인을 흔들리지 않게 했다.

후반 60분.

결국 골이 터졌다.

교체로 들어온 신예 공격수 오귀스탱의 골이었다.

수비형미드필더 디에고 뎀메의 긴 롱패스를 폴센이 헤딩으로 떨구고, 그것을 기가 막히게 주워 먹은 것이다.

오귀스탱의 골과 동시에 중계 카메라가 벤치에 있는 티모 베르너를 잡았다.

그의 표정은 어딘가 어두웠다.

삐이익!

휘슬과 함께 경기가 끝났다.

2 : 0.

무난한 경기력과, 무난한 결과로 승리를 거둔 라이프치히였다.

「[키커] 볼프스부르크를 2 : 0으로 격파한 라이프치히!」

경기는 두 개의 반응으로 나뉘었다.

골을 넣진 못했지만 헌신적인 플레이로 찬사를 받은 폴센과, 부진한 경기력으로 비판을 받은 티모 베르너가.

베르너 같은 경우는 이적을 위해 태업을 하는 게 아니냐는 의견이 나올 정도였다.

이대로 팀에 두면 지난 시즌 아스날에 있었던 알렉시스 산체스처럼 팀에 해가 되는 존재가 될 뿐이라는 의견도 있었다.

이런 의견이 베르너를 공격하자 감독인 원지석이 직접 나서서 선수를 두둔했다.

"아직 폼이 올라오지 않은 것뿐이죠. 베르너는 최고의 공격수입니다. 곧 폼을 회복할 거라는 걸 모두가 알고 있어요."

다만 이러한 두둔이 무색하게 베르너는 다음 경기에서도 부진한 경기력을 보였다.

두 번째 상대는 몰락한 명문인 함부르크였다.

최근에는 힘겨운 강등권 싸움을 하는 팀인 만큼 라이프치히로서는 반드시 이겨야 할 상대이기도 했다.

그리고 베르너는 이 경기에서 수많은 골 찬스를 놓치며 머리를 부여잡았다.

결국 승리를 거두어서 다행이었지, 만약 무승부를 기록했다면 베르너는 그 책임을 피할 수 없었을 것이다.

그 뒤로도 베르너의 폼은 좀처럼 회복될 기미가 보이지 않았다. 그러면서 라이프치히의 공격진은 자연스레 오귀스탱이 주전 자리를 차지하게 되었다.

「[키커] 티모 베르너, 단순한 문제가 아니다」

사람들도 베르너의 상황을 주의 깊게 지켜보았다. 지난 시즌까지 최고의 활약을 펼쳤던 골잡이의 심각한 부진은 단순한 문제가 아니었다.

결국 사건이 터졌다.

전반 25분 만에 베르너가 교체되어 빠진 사건이 발생한 것이다.

선수에게 부상이 아닌 이상 전반전에 교체를 당한다는 건 굉장히 치욕스러운 일이었다. 자신의 퍼포먼스가 최악이라는 감독의 간접적인 표현이기 때문이다.

무언가 욕지거릴 뱉으며 베르너는 수치심을 이기지 못하고 그대로 경기장을 빠져나갔다.

그 장면은 카메라를 통해 고스란히 중계되었다.

「[키커] 라이프치히, 프라이부르크를 꺾으며 4연승!」
「[빌트] 충격적인 교체! 경기장을 나간 티모 베르너!」

경기가 끝나고 원지석은 믹스트 존에 모습을 보이지 않았다. 대신 수석 코치인 케빈을 기자회견에 내보냈다.

이러한 교체를 감독의 선수 길들이기로 보는 사람도 있었다.

흔들리는 멘탈을 다른 쪽으로 돌리고, 자신에게 맞는 선수로 변화시키기 위한 행동이 아니냐면서.

아무도 없는 훈련장.

스태프까지 퇴근한 훈련장에 원지석이 모습을 드러냈다.

그는 홀로 남아 공을 차는 티모 베르너를 보았다. 녀석은 이를 악물며 슈팅을 하고 있었다.

그런 베르너가 원지석을 발견했는지 거친 숨을 쉬며 발을 멈추었다.

"그러다 발 나간다."

"발을 다치는 게 낫지 않겠어요? 감독님 입장에선."

"자기 선수 다치는 걸 어떤 감독이 좋아하겠어."

원지석이 들고 있던 수건을 던졌다.

수건으로 얼굴을 덮은 베르너가 묵묵히 땀을 닦았다.

"바이에른 가고 싶냐?"

대답은 없었다.

대답을 바란 질문도 아니었다.

그는 묵묵히 말을 이었다.

"그런데 지금 너는 2부 리그에서도 받아줄 팀이 없을 거다."

땀을 닦던 손길이 멈칫했다.

할 말은 끝났다는 듯 등을 돌린 원지석이 걸음을 옮기며 마지막 말을 남겼다.

"다음 경기, 선발이다."

그리고 어지른 건 다 정리하고.

멀어지던 발소리가 이윽고 들리지 않게 되자 베르너는 수건을 거칠게 던졌다.

그 말대로 다음 경기에서 베르너는 선발 라인업에 이름을 올렸다.

상대는 묀헨글라트바흐.

최근 좋은 성적을 기록하는 팀이었다.

이날 베르너는 지금까지의 부진을 만회하겠다는 듯 골을 몰아치고 있었다.

—아! 골입니다! 또 골이에요!

포르스베리의 크로스를 각이 없는 상태에서 헤딩으로 마무리한 베르너가 셀레브레이션 없이 묵묵히 돌아갔다.

그때 베르너와 원지석의 시선이 마주쳤다.

선수가 감독을 노려보았다.

그 눈초리에 원지석은 말없이 엄지를 치켜들었다.

"하아."

한숨을 쉰 베르너가 고개를 돌렸다.

그 얼굴에는 숨길 수 없는 미소가 걸려 있었다.

　　　　　*　　　　　　*　　　　　　*

　묀헨글라트바흐는 이대로 당하기만 할 수는 없다는 듯 라인을 올렸다.

　그 공격을 이끈 것은 토르강 아자르였다.

　첼시의 핵심 선수인 에당 아자르의 동생으로, 첼시에서 임대를 왔다가 정착한 선수이기도 했다.

　이제는 분데스리가에서도 수준급 윙어로 성장한 그가 측면을 달렸다.

　─터치라인을 길게 달리는 아자르! 그 앞을 베르나르두가 막습니다!

　라이프치히의 오른쪽 풀백인 베르나르두가 지역 수비를 하며 앞을 커버했다.

　레드불 브라질이 발굴하고 이후 라이프치히로 이적한 그는 어린 나이임에도 주전 자리를 꿰찬 유망주였다.

　186㎝라는 큰 키에서 나오는 압박에 토르강 아자르가 눈살을 찌푸렸다. 까딱하면 그대로 튕길 것만 같았기 때문이다.

　그때 수비 라인을 침투하던 선수가 눈에 띄었다.

　그걸 확인한 토르강은 지체 없이 낮은 크로스를 찔렀다.

평소 세모 발이라는 소리를 듣는 토르강이었지만, 이번만큼은 깔끔하게 들어간 크로스가 수비 뒤 공간을 파고들었다.

동시에 수비 사이를 절묘하게 파고든 선수의 이름은 라르스 슈틴들.

팀의 핵심 공격수이자 뮌헨글라트바흐의 주장이었다.

공격수라고 해도 공격형미드필더로 포텐이 터진 선수이기에 패스, 침투 같은 능력도 뛰어났다.

쾅!

날카로운 슈팅이 골문 구석으로 향했지만 끝내 골라인을 넘지 못했다. 라이프치히의 골키퍼인 페테르 굴라치가 잡아낸 것이다.

─굴라치의 환상적인 선방!

─지난 시즌에도 팀의 골문을 든든하게 지킨 굴라치가 이번 시즌에도 여전한 폼을 보여줍니다!

헝가리 출신의 페테르 굴라치는 지난 시즌 최고의 골키퍼 중 하나로 꼽히는 선수였다.

거기다 리버풀에서 유소년 시절을 보냈기에 원지석과 영어로 대화할 수 있는 선수 중 하나이기도 했다.

이후에도 쏟아지는 슈팅을 잘 막아낸 굴라치 덕분에 라이프치히는 승리를 굳히게 되었다.

"잘했다."

경기가 끝나고 그라운드 안에 들어온 원지석이 굴라치의 등을 두드려 주며 격려했다.

그렇게 선수들 하나하나를 안아주던 그가 티모 베르너의 앞에서 멈췄다. 오늘 두 골을 넣은 그는 최고의 활약을 펼친 선수였다.

"좋았어."

그렇게 말하며 등을 한 번 때린 원지석이 그의 머리를 헝클었다. 그 손을 피한 베르너가 물었다.

"이제 바이에른에 갈 만합니까?"

훈련장에서 있었던 일을 들먹이자 원지석이 쓴웃음을 지었다.

"아니. 바이에른이 뭐야, 더 높은 곳에 갈 수 있지."

그 말에 베르너의 눈이 크게 떠졌다.

원지석은 손가락으로 아래를 가리켰다.

그라운드.

아니, 정확히는 이 경기장인 RB아레나를 뜻했다.

"라이프치히 정도면 그러고도 남지."

그 말에 베르너가 피식 웃음을 터뜨렸다.

원지석이 그의 어깨에 손을 올려 어깨동무를 했다.

"진짜야. 안 믿기냐?"

"뭐, 그렇죠."

"두고 봐라. 꼭 그렇게 될 테니까."

그렇게 말하고 먼저 경기장을 떠나는 원지석의 등을 보며 베르너가 머리를 긁적였다.

참, 이상한 감독이었다.

*   *   *

「[키커] 마무리된 것으로 보이는 베르너 사가」

기사에는 어깨동무를 하는 원지석과 베르너의 모습이 찍혔다. 무슨 이야기를 나누고 있는지는 몰라도, 웃고 있는 모습을 보면 그리 나쁜 이야기는 아닌 것 같았다.

아슬아슬한 줄타기 같던 둘의 관계도 이로써 하나의 해프닝으로 끝난 것이다.

「[빌트] 요리 실력도 남다른 라이프치히의 감독?」

빌트는 색다른 기사를 실었다.

사진에는 함께 모여 밥을 먹는 라이프치히 선수들이 있었다.

선수들이라고 해서 매일 훈련을 하는 것은 아니다.

상황에 따라 다르지만 보통 경기 전날과 다음 날은 쉬는 편이었고, 오후 훈련이 없는 날도 있다.

오후 훈련이 없는 날에는 일주일에 한 번씩 단체 식사를 가졌다.

사실 이런 일은 대부분의 클럽이 가지는 자리였다.

다만 라이프치히에는 한 가지 다른 점이 있었다.

"맛있네."

"진짜?"

포르스베리의 말에 베르너가 미심쩍은 얼굴로 눈앞의 음식을 보았다. 먹음직스러운 요리들이 차려져 있었다.

슬쩍 고개를 돌리니 맛있게 먹는 선수들이 보였다. 자신을 속이려는 거짓말은 아닌 모양이었다.

슬쩍 스튜를 떠서 맛을 본 베르너의 눈이 크게 떠졌다. 그는 멀리서 구단의 요리사들과 이야기를 나누는 원지석을 보았다.

'이걸 저 인간이?'

그렇다.

일주일에 한 번 있는 단체 식사는 원지석의 작품인 것이다.

거기다 그 맛도 훌륭해 최근에 갔었던 유명 식당과 비교해도 꿀리지 않을 지경이었다.

처음엔 귀찮은 기색을 보였던 선수들의 반응이 점차 달라졌다. 그러다 어느 순간부터는 일주일 중에서도 이날을 기다리는 선수마저 생길 정도였다.

원지석이 이런 자리를 만든 이유는 그리 복잡하지 않았다.

함께 밥을 먹는다는 것은 가장 단순하면서도 효과적으로 팀의 결속력을 다지는 방법이었다.

가끔 선수들의 고향 요리를 준비하면 게임은 끝난다. 다음 날이면 더욱 존경하는 눈빛을 보낼 테니까.

"동물 길들이냐?"

그것을 쭉 지켜본 케빈이 중얼거렸다.

그의 손에는 전에 만든 쿠키가 들려 있었다.

문뜩 언젠가 본 다큐멘터리가 떠올랐다. 야생동물을 먹이로 길들이는 편이었는데.

"헛소리 말고요."

그렇게 일축한 원지석은 다음 경기를 준비하느라 바빴다.

챔피언스리그.

라이프치히가 독일만이 아닌 유럽의 강팀들을 상대로 증명해야 할 무대.

그들은 곧 챔피언스리그 조별 예선 2차전을 치른다.

지난 시즌에는 조별 예선에서 일찌감치 탈락하며 유로파리그로 떨어진 만큼, 이번에는 최대한 높은 곳으로 올라가야만 했다.

다만 현재 라이프치히의 상황은 그리 호락호락한 편이 아니다.

그들이 속한 C조는 강팀들이 섞여 죽음의 조로 불리고 있었으니까.

이탈리아 리그의 나폴리.

스페인 리그의 AT 마드리드.

그리고 네덜란드 리그의 PSV.

나폴리는 유벤투스의 독주를 깨며 마라도나 시대 이후로 없던 우승을 차지했고, AT 마드리드는 트로피는 없다지만 여전히 무서운 팀이었다.

상대적으로 약팀이란 평가를 받는 PSV마저 이러한 팀들의 발목을 잡을 저력을 가졌다.

다행인 점은 라이프치히가 1차전에서 PSV를 꺾었다는 걸까. 나폴리와 AT 마드리드는 무승부를 기록했다.

그리고 곧 있을 2차전.

그 상대는 나폴리였다.

전술을 분석하던 케빈이 혀를 차며 입을 열었다.

"수비 빼고는 다 좋은 팀이야."

수비진의 노쇠화, 부상, 폼 저하 같은 이유로 나폴리의 현재 수비진은 그다지 좋다고 할 수 없다.

다만 그것을 미드필더진과 공격진이 매우 좋은 퍼포먼스로 상회하고 있었다.

"함시크 하나 막는다고 잘 풀릴 거 같진 않네요."

원지석은 한 명의 선수를 지목했다.

마렉 함시크.

나폴리의 신이라 불렸던 마라도나 이후로 최고의 레전드로 뽑히는 미드필더.

지난 시즌에도 주장으로서, 미드필더로서도 뛰어난 활약을 보여주며 팀이 스쿠데토를 차지하는데 큰 도움을 보탰다.

"이건 어쩔 수가 없다."

케빈은 보드에 붙어 있던 자석 중 세 개를 나폴리 진영으로 밀었다. 저쪽의 수비진이 약하니 이쪽에서도 공격적인 모습을 보여주자는 의미였다.

"그걸로 되겠어요?"

하지만 원지석은 세 명의 공격수를 보며 무언가 부족함을 느꼈다. 그는 밑에 있던 미드필더 두 명을 쓰리톱 아래로 바싹 올렸다.

"제대로 한번 가보죠."

*   *   *

나폴리와의 경기가 다가왔다.

그들은 예상대로 433의 포메이션을 꺼냈다.

최전방에는 로렌조 인시네, 드리스 메르텐스, 호세 카예혼으로 이루어지는 삼각편대가.

중원에는 마렉 함시크, 알랑, 조르지뉴가.

수비진에는 파우치 굴람, 칼리두 쿨리발리, 라울 알비올, 엘세이드 히사이로 구성된 포백이.

골키퍼는 이번 여름 리버풀에게서 영입한 시몽 미뇰레 골키퍼가 장갑을 꼈다.

─나폴리는 오늘 그들이 낼 수 있는 최상의 전력을 가져왔습니다.

─라이프치히와는 지난 유로파 리그에서 만난 적이 있죠? 그때는 나폴리가 라이프치히를 꺾고 16강으로 올라갔습니다.

중계진의 말대로 라이프치히는 최근에 나폴리와 붙은 적이 있었다.

지난 시즌 유로파 리그 32강전에서의 일이다.

챔피언스리그에서 탈락한 두 팀은 유로파 리그로 내려갔고, 묘하게도 떨어진 팀들끼리 32강에서 맞붙게 되었다.

그때는 메르텐스의 원더 골에 힘입어 나폴리가 16강에 진출했다.

원지석은 그때 라이프치히에 없었지만 팬들은 다르다. 그들은 나폴리에게 당한 설욕을 되갚길 원할 것이다.

나폴리의 433에 대한 원지석의 대답.

라이프치히 역시 433의 포메이션을 꺼내 들었다.

전혀 생소한 포메이션은 아니었다. 다만 지난 시즌의 433은 핵심 윙어인 자비처의 부상으로 어쩔 수 없이 나온 전술이었으며, 역시 경기력은 실망스러운 편이었다.

그랬기에 그는 프리시즌 동안 선수들이 다양한 전술에 적응하도록 힘을 냈다.

433 포메이션도 그중 하나였다.

오늘 라이프치히의 쓰리톱은 에밀 포르스베리, 티모 베르너, 마르셀 자비처가 섰으며.

중원에는 장 미카엘 세리, 케빈 캄플, 디에고 뎀메가.

포백으로는 할슈텐베르크, 빌리 오르반, 다요 우파메카노, 베르나르두가 자리 잡았다.

히메네스와 주전 경쟁을 하는 우파메카노 역시 뛰어난 센터백 유망주였다. 페페 같은 파이터형 센터백으로, 오르반의 지휘를 받을 때는 안정적인 수비를 보여주었다.

"잘해보자고."

"그러죠."

원지석은 나폴리의 감독 마우리시오 사리와 악수를 나눈 뒤 벤치로 들어갔다.

나폴리의 홈인 스타디오 산 파올로는 6만 명을 수용 가능한 경기장이다.

그 경기장을 가득 채운 홈팀의 서포터들은 라이프치히의 선수들을 압도하겠다는 듯 쩌렁쩌렁한 응원가를 불렀다.

경험이 부족한 선수라면 이러한 분위기에 기가 죽을 수 있었다. 그랬기에 공격과 수비를 지휘할 포르스베리와 오르반의 역할이 더욱 중요한 경기였다.

삐이익!

휘슬 소리와 함께 경기가 시작되었다.

선축인 나폴리가 수비진으로 공을 보냈다.

나폴리의 파괴적인 공격력은 그 특유의 후방 빌드 업에서부터 시작되었다. 그리고 후방 빌드 업의 핵심은 조르지뉴였다.

라이프치히는 강한 압박으로 나폴리의 중원을 조였다. 특히 중앙미드필더와 윙어를 소화할 수 있는 케빈 캄플이 넓은 지역을 커버하며 뛰었다.

조르지뉴는 함시크와의 원투 패스를 주고받으며 압박을 벗어나고는 앞을 향해 뛰어가는 알랑에게 긴 패스를 찔렀다.

알랑은 전형적인 박스 투 박스의 미드필더였다. 그가 공을 몰고 달리자 함시크를 비롯한 나폴리의 쓰리톱이 전진했다.

최전방공격수인 메르텐스는 본래 측면공격수로 뛰던 선수였다. 그런 선수를 사리 감독이 제로톱의 스트라이커로 바꾸었으며, 이후 포텐이 터지며 나폴리의 우승을 이끌었다.

그런 메르텐스가 공을 받았다.

그는 매우 빠르고 기술적인 드리블을 사용하는 공격수였다.

―아! 오르반이 메르텐스를 놓쳤습니다!

오르반의 수비 능력은 나쁘지 않았지만 이번엔 작은 실수를 하고 말았다. 메르텐스의 상체 페이크에 움찔하며 그를 마크할 찬스를 놓친 것이다.

할슈텐베르크와 우파메카노가 서둘러 달려왔지만 이미 메르텐스의 슈팅은 골문 구석을 향해 빨려 들어가고 있었다.

―고오오오올! 경기가 시작되고 1분도 지나지 않아 선취골을 뽑아내는 나폴리!

와아아아!

드리스! 드리스! 드리스!

골을 넣은 메르텐스가 머신 건을 쏘는 흉내를 내며 셀레브레이션을 즐겼다. 나폴리의 팬들은 바로 터진 골에 엄청난 환호성을 보냈다.

실수를 한 오르반은 고개를 들지 못했다.

그때 터치라인에 있던 원지석이 소리를 지르며 그를 일깨웠다.

"아직 안 끝났어!"

그 말에 오르반이 한숨을 쉬며 고개를 끄덕였다.

주장인 그가 흔들리면 팀의 수비진 전체가 흔들리게 된다.

감독의 말대로.

아직 경기는 끝나지 않았다.

＊　　　　＊　　　　＊

─아아! 정말 간발의 차이로 굴라치 골키퍼가 공을 쳐냅니다! 나폴리에겐 매우 아쉬웠던 기회!

이번에도 팀을 구한 것은 굴라치였다.

일대일 기회를 놓친 인시네가 자신의 얼굴을 감싸 쥐며 탄식을 토했다.

선취골을 넣은 나폴리지만 안심할 수 없는 상황이었다. 오히려 경기는 라이프치히가 압도하고 있었기 때문이다.

―라이프치히의 중앙미드필더들이 아주 높게 올라와 나폴리의 수비 라인을 압박하고 있군요.

―덕분에 나폴리의 빌드 업이 막힌 게 눈에 보일 정도입니다.

중앙미드필더인 세리와 캄플은 디펜시브 포워드처럼 위로 올라와선 나폴리의 수비진을 압박했다.

사실상 수비형미드필더인 뎀메를 제외하곤 모두 전방 압박을 했지만, 이 극단적인 전술은 놀랍게도 나폴리를 괴롭히고 있었다.

후방 플레이메이커인 조르지뉴가 묶이며 나폴리의 전체적인 빌드 업이 삐걱거리게 된 것이다.

최근 나폴리의 포백은 부상과 노쇠화에 따른 기량 하락으로 부진한 퍼포먼스를 보이는 중이었다.

그나마 멀쩡한 쿨리발리 역시 예전보다 폼이 떨어졌고, 이러한 포백은 압박에 취약한 모습을 보였다.

―히사이가 겨우 패스를 넘깁니다!

오른쪽 풀백인 히사이가 끊임없는 압박에 결국 공을 돌렸다. 이렇듯 압박이 심화되자 중원의 세 명만으로 경기를 풀어가야 되는 상황이 발생했다.

평상시라면 그게 문제가 되지 않았겠지만.

중원을 앞뒤로 압박하는 이놈들이 문제였다.

―또다시 중원으로 내려와서 수비 가담을 하는 포르스베리와 자비처!

라이프치히의 측면공격수들인 포르스베리와 자비처가 중원으로 내려오는 모습을 자주 볼 수 있었다.

'이 새끼가 왜 여기 있어!'

뎀메와 할슈텐베르크를 상대하던 함시크는 뒤에서 걸어온 태클에 눈을 크게 떴다.

그러거나 말거나 공을 빼앗은 포르스베리는 재빠르게 측면을 달리며 공격진으로 돌아갔다.

이렇듯 때에 따라 측면공격수들과 중앙미드필더의 위치가 바뀌는 433은 나폴리를 효과적으로 공략했다.

점차 라이프치히가 주도권을 잡을 때였다.

계속 두드리면 열린다더니, 라이프치히에게도 마침내 그 순간이 찾아왔다.

공격을 조율하던 포르스베리가 직접 수비진 안으로 침투한
것이다. 그는 빠른 역습만이 아닌 지공 상황에서도 뛰어난 플
레이메이커였다.

톡 찍어 올린 로빙 패스가 나폴리 수비진의 머리 위를 넘겼
다.

그리고 빠른 발로 센터백을 제친 티모 베르너가 환상적인
발리 슈팅으로 골 망을 흔들었다.

―고오오올! 아주 멋진 골을 성공시키는 티모 베르너!

―포르스베리 역시 수비진들의 허를 찌르는 어시스트였습
니다! 이 골로 동점을 만들어내는 라이프치히!

지금까지 포르스베리는 반대쪽에 있던 자비처에게 계속해
서 크로스를 연결했다.

자비처 역시 뛰어난 선수였기에 그냥 놔둘 수 없었다. 그랬
기에 이번에도 자비처를 예상했던 나폴리의 수비수들은 반대
쪽 사이드에 몰린 상황이었다.

포르스베리의 재치가 만들어낸 골은 스코어를 동점으로 만
들었다.

이제 나폴리도 마냥 여유로운 상황은 아니기에 양 팀이 치

고받는 싸움이 이어졌다.

라이프치히는 수비 때엔 포메이션을 4141로 바꾸며 측면공
격수들을 아래로 내린 뒤 중원을 두텁게 했다.

중앙미드필더로 나온 캄플은 폭넓은 움직임으로 팀의 중원
에 숨결을 불어넣었다. 오늘 1선과 3선을 오가는 그의 모습을
보면 대단하단 말을 할 수밖에 없을 것이다.

두 번째 골도 그런 노력이 만들어낸 골이었다.

알랑에게서 공을 뺏어낸 캄플은 앞으로 달리는 세리에게
긴 패스를 보냈다.

하지만 달려오는 조르지뉴를 본 그는 공을 소유하지 않고
그대로 몸을 돌렸다.

흐르는 공은 다리 사이를 지났다. 그리고 조르지뉴를 지나
치며 몸을 돌린 세리는 자신의 앞에서 구르는 공을 따라 뛰었
다.

―세리의 환상적인 턴! 이제 남은 건 센터백밖에 없어요!
―베르너와 자비처가 쇄도합니다!

측면에서 안으로 파고드는 자비처와 직선으로 달리는 베르
너가 보였다.

세리의 선택은 자비처였다.

그는 발바닥으로 공을 세우고는 측면으로 빠졌다.

정지된 공.

그리고 달려든 자비처의 강렬한 왼발 슈팅.

쾅!

슈팅은 포물선을 그리며 골문을 향해 강하게 휘었다.

골키퍼 미뇰레가 몸을 날려 손가락 끝으로 공을 건드렸지만, 끝내 골문 안쪽으로 빨려 들어가는 것을 막지 못하며 실점을 지켜봐야 했다.

"좋았어!"

원지석이 옆에 있던 케빈의 옆구리를 치며 소리를 질렀다. 맞은 케빈은 꽤 아팠는지 꺽꺽거리며 몸을 뒹굴었지만.

자비처는 이곳까지 응원을 하러 온 팬들에게 달려가 셀레브레이션을 했다. 팬들 역시 환호하며 그 셀레브레이션에 호응을 해주었다.

이제 상황이 뒤바뀌자 나폴리도 공격을 퍼붓기 시작했다.

경기는 전반을 지나 후반전이 되었다.

사리 감독은 전술에 변화를 주며 나폴리의 433 전술을 442의 포메이션으로 바꾸었다.

투톱의 한 자리는 메르텐스였지만 다른 한 자리는 유기적으로 바뀌었다.

측면에 있던 인시녜나 카예혼이 올라가기도 했고, 때로는 함시크가 1선까지 올라가며 처진 스트라이커가 되었다.

이런 전술은 퍽 효과적이어서 라이프치히의 압박을 오히려 역이용하는 모습마저 나올 정도였다.

"우리도 바꾸면 되지."

원지석도 교체 카드를 꺼내며 팀에 변화를 주었다. 오늘 엄청나게 뛰어준 캄플을 카이저로 바꿔준 것이다.

오늘 모든 것을 불태운 캄플이 기진맥진한 모습으로 벤치에 돌아왔다. 그런 녀석을 한 번 안아준 원지석이 등을 두드려 주며 말했다.

"끝내줬다."

캄플은 대답 대신 씨익 웃으며 스태프가 건네주는 옷을 받았다.

교체로 들어간 카이저는 수비형미드필더부터 공격형미드필더까지 뛸 수 있는 다재다능한 자원이었다.

거기다 팀이 4부 리그일 때부터 함께한 베테랑이기에 어린 선수들이 믿고 따르는 사람 중 하나이기도 했다.

카이저는 주로 수비형미드필더와 중앙미드필더 사이를 오가며 팀의 우위를 지키는 데 힘썼다.

원지석은 그런 상황에 하나의 교체 카드를 더 꺼냈다. 디펜시브 포워드인 폴센을 수비형 윙어로 투입한 것이다.

오늘 골을 넣은 자비처는 폴센과 하이 파이브를 하고선 벤치에 돌아갔다.

　—나폴리도 선수를 교체합니다.
　—아르카디우스 밀리크군요.

　나폴리도 선수교체를 통해 스쿼드에 변화를 주었다. 풀백
인 히사이를 빼고 공격수인 밀리크를 넣으며 공격적인 변화를
꾀했다.
　다만 이러한 교체는 공격에 무게를 싣는 대신 수비의 불균
형을 가져왔다.
　결국 히사이가 빠지며 헐거워진 수비진을 재빠르게 돌파한
베르너가 한 골을 더 추가하며 격차를 더욱 벌렸다.

　—고오오올! 베르너의 강력한 슈팅이 골 망을 흔듭니다!
　—이걸로 스코어는 3 : 1입니다! 나폴리로선 분발이 필요한
상황!

　나폴리도 가만히 당하고 있지만은 않았다.
　교체로 들어온 밀리크가 기어이 만회골을 터뜨린 것이다.
　함시크가 측면에서 올린 크로스를 헤딩으로 마무리한 그
가 공을 가지고 재빨리 자신의 진영으로 복귀했다.

하지만 이후에는 양 팀 모두 지친 기색을 보이며 경기도 제자리걸음을 하는 중이었다. 교체로 들어온 선수들을 제외하곤 모두 한계에 달했기 때문이다.

끊임없이 압박한 라이프치히의 선수들도, 계속되는 압박을 피하기 위해 더 많이 움직이던 나폴리의 선수들도.

모두가 지칠 대로 지친 시간이지만 최선을 다해 뛰었다.

양 팀의 감독인 사리와 원지석 역시 벤치에 앉지 않으며 선수들과 함께 뛰었다.

삐이익!

경기는 그대로 끝났다.

결과는 3 : 2.

펠레가 가장 좋아한다고 말해 펠레 스코어라 불리는 스코어 끝에, 승리를 거둔 것은 라이프치히였다.

「[BBC] 두 팀의 경기에 찬사를 보내는 사람들!」

「[알 마티노] 사리, 아쉬운 패배지만 좋은 경기였다」

소문난 잔치에 먹을 게 없다지만 두 팀의 경기는 반대로 먹을 게 풍족했던 경기라 할 수 있었다.

꼬리에 꼬리를 무는 전술 싸움과, 경기가 끝날 때까지 포기하지 않던 선수들의 투지는 많은 사람들에게 호평을 받기 충분했다.

이 결과로 승점 6점을 쌓은 라이프치히는 C조의 선두를 공고히 굳혔다.

2위로는 PSV를 잡은 AT 마드리드가 승점 4점으로 2위를, 3위로는 승점 1점의 나폴리가 있었다.

아직까지 안심할 수 있는 점수 차이는 아니다. 이제 중요한 것은 다음에 있을 AT 마드리드와의 대결이겠지만, 그 전에 있을 리그 경기도 중요했다.

현재 분데스리가의 전승 팀은 두 팀뿐이다.

바이에른 뮌헨과 라이프치히.

골 득실로 바이에른이 1위를 달리고 있다지만 승점은 같다. 만약 두 팀 중 하나가 무승부라도 거둔다면 작은 차이이지만 큰 격차를 느끼게 될 터였다.

하지만 두 팀 모두 전승을 기록한다면?

그럴 경우엔 직접 맞붙는 수밖에.

의도한 것은 아니겠지만 그런 두 팀의 대결은 전반기 마지막 라운드에서 이루어질 예정이었다.

"그 전에 진다면 다 쓸데없는 이야기지만."

원지석은 시큰둥한 얼굴로 벤치에 앉았다.

이번 상대는 레버쿠젠.

분데스리가에서 오랫동안 활약한 강호지만, 분데스리가에

선 우승 없이 준우승만을 기록했다는 이색적인 기록의 팀이
었다.

최근 부진을 겪던 레버쿠젠은 지난 시즌부터 부임한 헤를
리히 감독과 반등에 성공하며 3위라는 성적을 거두었다.

그 성공에는 쓰리백이 있었다.

벤델, 벤더, 조나단 타로 이어지는 쓰리백은 단단했으며, 양
윙백 역시 좋은 퍼포먼스를 보인 것이다.

그런 레버쿠젠의 쓰리백을 상대로 원지석은 442 포메이션
을 꺼냈다.

최전방에는 베르너와 오귀스탱이.

미드필더진에는 포르스베리, 세리, 뎀메, 캄플이 섰다.

핵심 선수인 자비처가 빠진 이유는 체력 안배와 전술적인
이유가 컸다. 오늘 캄플은 레버쿠젠의 주요 루트인 왼쪽 윙어
들을 막아야 했기 때문이다.

센터백으로는 오르반에게 휴식을 줄 겸 히메네스와 우파메
카노가 짝을 맞췄다.

이 센터백 조합은 굉장히 활동적이고 투지가 넘쳤지만 가
끔 너무 흥분한다는 단점이 있었다.

"어딜 가, 새끼야!"

원지석이 버럭 소리를 지르자 앞으로 뛰어나가려던 히메네
스가 움찔하며 라인에 복귀했다.

이렇게 골키퍼인 굴라치나 감독인 원지석이 직접 멘탈을 잡아줘야 불안한 상황을 미연에 방지할 수 있었다.

라이프치히는 레버쿠젠을 상대로 공격적인 전술보다는 압박과 역습을 통한 득점을 노렸다.

오늘 경기의 핵심은 측면이었다.

레버쿠젠의 측면공격수들과 윙백은 매우 뛰어난 퍼포먼스를 뽐냈고, 그중에서도 레온 베일리가 눈에 띄었다.

베일리는 지난 시즌 최고의 윙어라 불린 선수로 팀의 챔피언스리그 진출을 이끌었다.

이번 경기에선 왼쪽 윙백으로 나올 만큼 측면공격수, 윙어, 윙백도 소화하는 멀티플레이어이고, 좌우를 가리지 않아 상대 팀의 골머리를 썩게 하는 선수였다.

원지석은 그런 그를 묶기 위해 뎀메와 캄플에게 집중 마크를 지시했다.

풀백인 베르나르두까지 수비에 가담한다면 세 명의 수비수가 베일리를 둘러싸게 된 것이다.

거기다 레버쿠젠의 플레이메이커인 율리안 브란트도 거친 태클과 압박에 쩔쩔매는 상태였기에 경기는 라이프치히의 흐름으로 흘러가게 되었다.

―고오올! 이걸로 해트트릭을 달성하는 티모 베르너!

—라이프치히가 오귀스탱과 베르너의 **빠른 역습만**으로 세 골을 **뽑**아내는군요!

라이프치히의 투톱인 베르너와 오귀스탱 모두 **빠른 발**을 가진 공격수였다.

역습 전술에서 이 둘의 조합은 생각보다 좋은 파괴력을 보여주었다. 실제로 오귀스탱은 오늘 터진 세 골에 모두 관여하며 두 개의 어시스트를 챙겼다.

시즌 초반 극심한 부진에 빠졌던 티모 베르너는 최근 무서운 득점 페이스를 이어가며 골을 몰아치고 있었다.

이번 경기에서도 투톱을 위해 짜인 전술을 준비했다지만, 그의 개인 기량으로 만들어낸 순간도 많았다.

삐이익!

휘슬이 울리며 경기가 종료되었다.

고비 중 하나로 예상되었던 레버쿠젠전은 의외로 수월한 경기 끝에 라이프치히의 승리로 끝났다.

「[키커] 새로운 시대를 알리는 매치」
「[빌트] 어린 감독들의 대결!」

언론들은 라이프치히의 다음 경기를 주목했다.

상대는 호펜하임.

전력 자체는 호펜하임이 약세로 평가받았다.

그럼에도 이 매치가 주목받는 이유는, 호펜하임의 감독이 원지석과 동갑내기인 율리안 나겔스만이기 때문이었다.

호펜하임은 지난 시즌을 6위로 마감하며 챔피언스리그 진출에 실패했다.

그럼에도 핵심 선수들이 바이에른으로 이탈한 공백을 잘 메웠다는 점과, 시즌 마지막까지 챔피언스리그 경쟁을 했다는 점에서 나겔스만의 지도력은 높은 평가를 받았다.

같은 87년생이라는 점이.

같은 15/16 시즌에 데뷔를 했다는 점이.

그리고 이제는 같은 분데스리가의 감독이라는 점이.

"이러한 언론의 부추김을 별로 좋아하지 않아요. 나겔스만과는 아직 만나지도 않았는데 사람들은 나와 그의 사이를 멀리 떨어뜨려 놓는군요."

기자회견에서 원지석은 그런 반응에 불쾌감을 드러냈다.

친구가 될지 원수가 될지 정하는 것은 사람들이 아니다. 그와 나겔스만이 판단할 일이었지.

"어쩐지 자신이 없어 보이시는데?"

한 기자의 도발적인 질문에 원지석이 피식 웃음을 터뜨렸다.

"제가요? 아니. 이건 승부욕과는 다른 이야기죠. 이상한 질문이 더 나오지 않게 확실히 말해두는데, 다음 경기가 호펜하임이 아닌 뮌헨이나 도르트문트여도 상관없어요."

원지석이 씨익 웃으며 말했다.

그것은 도발적이고 단호한 말이었다.

"우리가 이길 거니까요."

22 ROUND

틀을 깨다

호펜하임은 어찌 보면 라이프치히와 비슷한 처지의 팀이었다.

　별 볼 일 없던 클럽이 막대한 투자를 받으며 분데스리가까지 승격했고, 슈퍼스타보다는 잠재력이 높은 유망주를 영입하는 것도 비슷하다.

　명문도 아닌 팀이 돈으로 성적을 샀다며 독일 축구 팬들에게 미움을 받는 것도 같았다.

　요즘은 라이프치히가 가장 많은 미움을 받는 팀이지만, 그 전까지만 하더라도 호펜하임이란 팀이 있었으니까.

사실 라이프치히와 호펜하임의 인연이 아예 없는 것은 아니다. 바로 두 팀의 보드진에게 묘한 인연이 있었다.

호펜하임의 구단주인 디트마르 호프는 거만한 사람이었고, 팀에 자신의 영향력을 마음껏 행사했다. 마치 로만처럼.

이러한 구단주에게 질려 버려 감독직을 그만둔 사람 중 하나가 랄프 랑닉이었다. 지금은 라이프치히의 단장으로 있는 그 사람 말이다.

호펜하임의 감독직을 사임한 랄프 랑닉은 이후에 샬케를 챔피언스리그 4강으로 진출시키며 더욱 명성을 떨쳤다.

아이러니하게도 그런 랄프 랑닉은 라이프치히의 단장이 되어 굉장한 힘을 행사하게 되었다.

묘하게도 닮은 꼴인 팀과 비슷한 점이 많은 감독들.

사람들은 이 흥미로운 경기의 승자가 누구일지 지켜보았다.

호펜하임은 쓰리백을 들고 나왔다.

지난 시즌과 비교하면 몇 명의 선수가 바뀌었지만 핵심 선수들의 이탈은 적은 편이었다. 그것도 골키퍼부터 공격진까지 이어지는 코어 라인을 지켰다는 게 어디인가.

호펜하임의 골키퍼인 바우만은 분데스리가 정상급 골키퍼 중 하나였다.

발밑이 좋아 빌드 업을 수행했고, 반사신경도 뛰어났기에 일대일 찬스에서도 쉽게 골을 내주지 않았다.

수비에는 벤자민 휘브너라는 센터백이 있다.

바이에른으로 떠난 슐레와 아주 좋은 호흡을 자랑했으며, 193㎝에 달하는 거대한 키를 가진 선수답게 공중볼 싸움에서 매우 좋은 모습을 보였다.

중원에는 나디엠 아미리가 있었다.

호펜하임이 유소년 시절에 데려온 그는 이후 팀의 핵심 미드필더로 성장했다.

EPL의 많은 클럽들이 군침을 삼켰지만 그는 재계약을 체결하며 팀에 남겠다는 의지를 밝혔다.

다만 최전방은 의문부호가 드는 게 사실이었다. 지난 시즌의 공격을 책임졌던 바그너는 바이에른으로, 우트는 샬케로 떠났으니까.

그나마 한때 호펜하임의 공격을 이끌었던 크라마리치의 폼이 올라오고 있으니 다행이었다. 이번 상대인 라이프치히의 수비진을 앞두고는 영 힘을 쓰지 못하고 있었지만.

—또다시 히메네스에게 공을 빼앗기는 크라마리치! 오늘은 좀처럼 풀리지 않는군요!

히메네스는 크라마리치를 전담마크 하며 철벽같은 모습을 보여주고 있었다.

스코어는 아직까지 0 : 0이었지만 그 내용을 보면 경기력의 차이가 느껴질 정도였다.

호펜하임의 골키퍼 바우만이 신들린 선방을 연거푸 보여주지 않았다면 이미 몇 골은 들어가고도 남았을 것이다.

─엄청난 선방 쇼입니다. 아마 경기가 비기거나 한 골 차이로 끝나게 된다면, 최우수선수는 그가 따놓은 것으로 보이는군요.

"하아."

원지석이 골치 아프다는 듯 한숨을 쉬었다.

상대 팀의 공격은 잘 막아내고 있었다.

하지만 저 골문을 도저히 뚫을 수가 없었다.

가끔 골키퍼가 미친 듯이 선방을 하는 경기가 있었다. 바우만에겐 오늘이 그런 날이었다.

"왜 오늘 하이라이트를 찍냐고!"

오늘 보여준 선방만으로 하이라이트 영상을 하나 만들 수 있지 않을까.

특히 역방향이 걸렸던 베르너의 슈팅을 엄청난 반사신경으로 쳐낸 것이 선방 쇼의 백미였다.

쯧 하고 혀를 찬 원지석이 남은 시간을 확인했다.

현재 시간은 60분.

대략 30분 정도가 남은 상황.

슬슬 교체 카드를 꺼낼 때가 되었다.

"브루마!"

미리 몸을 풀고 있던 브루마가 고개를 끄덕이며 조끼를 벗었다.

원지석은 왼쪽 풀백인 할슈텐베르크를 빼며 윙어인 브루마를 투입시켰다.

브루마는 빠른 발과 드리블이 장점인 선수로, 후반의 조커로 투입될 경우엔 보다 쉽게 측면수비수들을 허물 수 있었다.

—교체로 들어온 브루마가 공을 몰고 호펜하임의 진영 깊숙이 침투합니다! 빨라요!

휘브너는 공중볼에 매우 강한 대신 발이 느린 수비수였다. 그랬기에 발이 빠른 공격수는 동료들과 협동 수비를 해 막는 편이었고.

하지만 브루마가 그 동료들을 따돌리고 왔기 때문에 협동 수비를 기대하기 어려운 상황이었다.

상체 페인팅으로 휘브너의 반응을 지켜본 브루마가 그대로 페널티박스 안쪽을 향해 발을 디뎠다.

그리고 아주 간발의 차이로.

공이 떠난 브루마의 다리를 휘브너가 걸었다.

삐이익!

심판은 망설임 없이 페널티킥을 선언했다.

휘브너를 비롯한 호펜하임의 선수들이 할리우드다, 라인 밖에서 넘어졌다며 항의를 했지만 주심은 자신의 판정을 번복하지 않았다.

─리플레이 결과 주심의 판정이 옳은 것으로 보입니다. 발이 걸렸네요.

─주전으로 기용하기에는 기복이 있던 브루마였는데, 오늘은 감독의 기대를 만족시키는군요!

키커로 나선 것은 티모 베르너였다.

스읍 하고 숨을 들이쉰 그가 뒤로 물러나며 공과의 거리를 벌렸다.

오늘 베르너의 슈팅을 번번이 막아낸 바우만 골키퍼가 팔을 크게 흔들며 좌우로 스텝을 밟았다.

일종의 심리전이었다.

골키퍼의 이러한 행동은 키커에게 골문을 더욱 작게 보이게 하거나 심리적으로 위축시킬 수 있었다.

성큼성큼 도움닫기를 한 베르너가 슈팅을 날렸다.

골문 왼쪽 아래를 향해 강하게 쏘아진 공은 바우만의 손끝을 스치며 골 망을 출렁였다.

―골입니다! 오늘 완벽한 모습을 보여준 바우만을 상대로 페널티킥을 성공시키는 베르너!

―손끝으로 공을 건드린 바우만에겐 정말 아쉬운 순간일 거 같습니다.

방향을 읽고 그 슛을 건드리기까지 했으니 자칫했으면 또 다른 슈퍼세이브를 했을 바우만이었다.

호펜하임은 좀 더 적극적인 공격에 나섰지만 딱히 효과를 보지 못했다. 그랬기에 나겔스만 감독은 공격의 노선을 바꾸었다.

라이프치히의 수비진을 뚫기보다는 먼 거리에서의 슈팅을 노리기로 한 것이다.

―또다시 수비수를 맞고 아웃되는 공! 호펜하임의 코너킥입니다!

이걸로 다섯 번째 코너킥이었다.

나겔스만은 공격수들이 부진한 활약을 보이는 만큼, 수비수들까지 공격에 가담할 수 있는 세트피스 상황을 노렸다.

확실히 실점의 빌미가 되었던 휘브너는 세트피스에서 압도적인 헤딩 실력을 뽐냈다.

다만 수비수들이 직접 골문을 노린다는 건 그들이 지켜야 할 골대 앞이 비어 있다는 뜻이기도 했다.

물론 호펜하임의 모든 선수들이 라이프치히의 페널티에어리어에 있는 것도 아니고, 하프라인에서 역습을 대비하기는 하지만.

발이 빠른 선수들로 라인업을 짠 라이프치히에겐 이런 세트피스가 오히려 기회일 수 있었다.

―헤딩한 공이 브루마에게 갑니다! 브루마! 터치라인을 따라 길게 치고 달리는 브루마!

브루마가 점점 속력을 올리며 하프라인을 넘을 때였다.

"쟤 왜 저래?"

케빈의 중얼거림에 원지석이 눈을 돌렸다.

페널티에어리어에 누워 있는 호펜하임의 선수가 보였다.

골키퍼인 굴라치와 주장인 오르반이 손을 흔들며 팀닥터를

요청했다. 그와 동시에 원지석이 브루마를 향해 소리쳤다.

"공 보내!"

"네?"

멈칫한 브루마가 대체 무슨 소리냐는 얼굴로 원지석을 보았다. 그러거나 말거나 그는 벤치에 앉아 있던 팀닥터들을 경기장 안으로 투입했다.

―나디엠 아미리 선수가 쓰러졌군요!

―팀닥터들이 상태를 확인하고 있습니다.

곧 들것에 실린 아미리가 라인 밖으로 나왔다.

갑작스러운 상황에 RB아레나에 모인 사람들도 술렁거리기 시작했지만, 다행히도 큰일은 아니었는지 이윽고 정신을 차리며 몸을 일으켰다.

―아, 헤딩 경합 중 충돌이 있었군요!

―같은 호펜하임 선수인 찰라이와 부딪치며 가슴을 맞은 것 같습니다.

아담 찰라이는 호펜하임의 공격수였다.

193㎝라는 큰 키를 가졌기에 세트피스 전술을 위해 투입한

거였는데, 그만 아미리와 충돌하는 사고가 발생한 것이다.

두 선수 모두 서로를 보지 못하고 헤딩을 한 거기에 누구를 나무랄 수 없는 상황이었다.

결국 아미리는 혹시 모를 상황을 미연에 방지하기 위해 다른 선수와 교체되며 경기장을 나갔다.

그런 선수를 향해 관중들이 박수를 치며 격려를 보냈다. 자칫 위험했던 상황을 잘 이겨냈다는 뜻이었다.

이후 경기는 별다른 변화 없이 그대로 마무리되었다.

경기 최우수선수로는 바우만이 뽑혔으며, 페널티킥을 성공시킨 티모 베르너의 골로 겨우 승리를 거둔 라이프치히였다.

"절호의 역습 찬스였는데 아쉽지 않으셨나요?"

믹스트 존에서도 아미리에 관한 질문이 대부분을 이루었다.

특히 공을 몰고 달리는 브루마에게 소리치며 팀닥터를 투입한 장면은 이미 인터넷에서 큰 화제가 되고 있었다.

만약 속도가 붙은 브루마를 그대로 뒀다면 라이프치히는 한 골을 더 넣을 가능성이 컸다.

그랬기에 기자들은 아슬아슬한 리드를 확실히 굳힐 수 있었던 기회를 포기한 그에게 이러한 질문을 한 것이다.

"전혀요. 오늘 아미리는 까딱했으면 위험한 상황이 될 뻔했어요. 팀닥터들을 빨리 보냈기에 단순한 호흡 곤란으로 끝난 거죠."

상대방을 이기겠다는 호승심도 중요하지만 그게 한 선수의 생명과 비교되어선 안 된다.

"만약 반대로 호펜하임이 아닌 라이프치히의 선수가 쓰러졌어도 나겔스만은 저와 같은 행동을 했을 겁니다. 그렇게 믿어요."

하나의 골을 위해 쓰러진 선수가 외면받는 때가 온다면 너무 슬프지 않겠는가. 적어도 원지석은 그럴 준비가 되지 않았다.

「[SPORT I] 원지석에게 찬사를 보내는 나겔스만」

나겔스만은 그런 원지석을 극찬하며 고마움을 표했다. 사실 말로는 하지 못할 게 뭐가 있겠는가. 그것을 말만이 아닌 직접 행동으로 옮기는 것은 다른 이야기였다.

실제로 쓰러진 선수를 그냥 무시하는 팀도 있고, 심지어는 자신의 팀 동료가 부상을 당했는데도 경기를 계속 이어가는 팀마저 있었던 만큼.

그가 한 일은 겉만 번지르르한 일이 아니었다.

"원은 사람들의 말처럼 악당이 아닙니다. 악마 또한 아니고요. 지금은 팀을 위해 그런 콘셉트를 잡았을 뿐, 그런 사람이 아니란 걸 알아요."

분데스리가에 온 이후로 원지석의 인터뷰는 도발적인 느낌이 강했다.

안 그래도 미운털이 잔뜩 박힌 라이프치히였기에, 그런 인터뷰는 활활 타오르던 불에 기름을 끼얹는 거나 마찬가지였다.

그러나 그만큼 관심을 받는다는 것 또한 부정할 수 없었다.

사람들이 갈망하던 악역.

오랫동안 독주한 바이에른 뮌헨을 직접 저격한 것뿐만 아니라 그런 말을 할 자격이 있다며 좋은 성적을 보여주고 있는 팀.

이러나저러나 현재 분데스리가에서 가장 뜨거운 감자임은 분명한 것이다.

나겔스만 역시 라이프치히와 더불어 가장 많은 욕을 먹는 호펜하임의 감독이었기에 이런 말을 하는 걸지도 몰랐다.

「[루어 나흐리히텐] 요하임 회장, 호펜하임이나 라이프치히나 엉터리일 뿐이다」

도르트문트의 회장인 한스 요아힘은 이러한 분위기에 불쾌감을 표했다.

원지석의 행동을 칭찬하면서도 그러한 일이 라이프치히나 호펜하임이란 팀의 근본을 바꿀 수 없다는 게 그 요지였다.

그는 독일 축구의 전통을 지지하는 발언을 계속해서 해온 사람이었다.

특히 거대 자본의 유입을 신랄하게 비판했는데, 라이프치히 같은 경우는 오스트리아의 음료 회사가 분데스리가를 침략한 스캔들이라며 높은 수위의 말을 했었다.

이러한 배경에는 독일 축구 특유의 전통이 있었다.

50+1 정책.

기업은 구단 지분의 49% 이상을 사지 못한다.

즉 시민 구단의 형태를 유지해야 하는 정책이었다.

이는 팬을 중심으로 운영되어야 한다는 독일 축구의 특색이었지만, 그 한계 역시 뚜렷했다.

자본의 유입이 없는 이상 큰돈을 쓰기는 힘들다. 이러한 점 때문에 다른 리그와의 경쟁에서 뒤떨어지는 게 아니냐는 의문이 따라왔기 때문이다.

라이프치히 같은 경우는 레드불이 꼼수를 쓰며 많은 돈을 쓸 수 있었다.

2009년에 창단한 팀이 7시즌 만에 1부 리그로 승격하는 동안 7,800만 유로란 거금을 썼다. 상식적으로 말이 되지 않는

부분이었기에 더욱 비판을 받는 점이었다.

"재미있네요."

원지석은 한스 요아힘의 비판에 피식 웃음을 터뜨렸다.

"그들이 말하는 것처럼 우리는 전통이 없어요. 근본도 없죠. 하지만 전통과 근본이 없다는 게 잘못됐다는 생각은 하지 않아요."

그가 라이프치히의 프로젝트에 끌린 이유도 이런 점에 있었다. 변화. 하나의 틀을 깨자는 그들의 슬로건.

출발은 좋다.

그 도르트문트도 라이프치히보다 낮은 순위를 기록하고 있었으니까.

다만 그것만으로는 부족하다.

더 큰 임팩트가 필요했다.

"도르트문트와의 경기도 그리 많이 남은 건 아니군요."

한 달 뒤면 그 도르트문트와의 경기가 있다. 그때까지 그들은 만반의 준비를 갖춰야 할 것이다.

그러지 않는다면.

프로젝트의 기념비적인 사건으로 박제될 테니까.

*　　　　*　　　　*

라이프치히는 이제 다가올 AT 마드리드전을 기다리고 있었다.

여름 이적 시장 동안 AT 마드리드에게 큰 변화가 있다면 팀 내 공격수인 그리즈만의 이적일 것이다.

2억 유로, 한화로 약 2,600억이라는 바이아웃.

그 어마어마한 바이아웃을 지불한 팀이 두 곳이나 되었기 때문이다.

한 팀은 같은 리그인 바르셀로나였고, 다른 팀은 잉글랜드의 맨체스터 유나이티드였다.

바르셀로나 같은 경우는 그 소식이 전해지며 오히려 팬들에게서 부정적인 반응이 나타났다.

이미 비싼 돈을 들여 뎀벨레와 쿠티뉴라는 선수들을 산 만큼 비슷한 포지션의 선수를 살 이유가 있냐는 거였다.

그리즈만은 측면공격수와 처진 공격수의 자리에서 뛰는 선수다. 이는 저 두 선수의 포지션과 겹치는 상황.

뎀벨레의 이적료가 1,500억에 가깝고, 쿠티뉴는 2,000억에 가깝다.

여기에 그리즈만까지 온다면 저 비싼 선수들 중 하나가 자칫 로테이션으로 전락할 수 있다. 그렇기에 팬들은 무리한 이적이라고 비판했지만 끝내 이적은 성사되었다.

앙투안 그리즈만은 바르셀로나로 떠났다.

이제 핵심 선수의 빈자리를 채우기 위해 AT 마드리드는 새로운 선수를 영입했다.

그 선수는 AS 모나코의 토마 르마였다.

새로운 팀으로 이적한 르마는 측면 플레이메이커나 442의 처진 공격수로서 나쁘지 않은 활약을 보여주고 있었다.

원지석 역시 첼시 감독 시절 모나코를 상대하며 르마를 만난 적이 있다. 재능이 넘치는 선수였다. 지금은 더욱 좋은 선수가 되었고.

「[마르카] 다시 만난 악연!」

스페인 언론인 마르카는 기사에 두 명의 사진을 올렸다. 한 명은 라이프치히의 감독인 원지석, 다른 한 명은 AT 마드리드의 스트라이커인 디에고 코스타였다.

이 둘의 시작은 좋았으나 그 끝맺음은 좋지 못한 편이었다.

이적 소동 끝에 원지석은 코스타를 2군에 처박았고, 그는 이번 여름에서야 겨우 AT 마드리드 입단식을 치렀다.

반 시즌을 날렸다지만 코스타의 골감각은 여전했다.

빈공에 허덕이던 AT 마드리드는 그의 활약 덕에 많은 승점을 쌓았다. 덕분에 긴 시간을 기다린 시메오네의 재평가가 이루어질 정도였다.

그런 코스타는 첼시에서의 2군 생활을 끔찍한 악몽이라고 표현했다. 첼시 팬들에겐 뻔뻔하다며 비판을 들었지만.

그랬던 사람들이 이번엔 챔피언스리그에서 붙게 되었다.

"지금 경기와는 상관없는 이야기지만, 나는 당시 원의 선택을 이해합니다."

기자의 질문에 시메오네 감독은 그런 답변을 꺼냈다.

다만 코스타는 이제 AT 마드리드에서 행복하다는 이야기를 덧붙이며 선수의 사기에 지장이 없도록 했다.

"저는 코스타에게 별 감정이 없어요. 그가 친정 팀에서 활약하는 걸 보니 기쁩니다."

원지석 역시 그런 질문에 별다른 감정은 남아 있지 않다며 선을 그었다.

곧 있을 경기는 원지석과 코스타와의 대결이 아닌 라이프치히와 AT 마드리드의 대결이다. 사사로운 감정을 넣을 필요는 없다.

그럼에도 사람들은 그 이야기를 멈추지 않았다.

코스타만이 아니라 히메네스의 건도 있었기 때문이다.

팀에서 자리를 잃은 히메네스는 AT 마드리드를 떠나 새로운 도전을 택한다.

그리고 라이프치히에서 뛰어난 실력을 보여주며 자신의 선택이 틀리지 않았다는 걸 보여주었다.

그런 상황에 이제는 친정 팀의 창끝을 막아야 한다.

히메네스 더비라 불리는 이 경기에서 창과 방패의 대결이 어떻게 될지는 곧 알게 될 터였다.

「[오피셜] 선발 명단을 발표한 AT 마드리드」

AT 마드리드의 선발 라인업이 공개되었다.

포백은 뤼카 에르난데스, 고딘, 사비치, 시메 브르살리코가.

중원에는 코케, 토마스 파르티, 사울 니게스, 비톨로가.

최전방에는 르마와 코스타가 자리를 잡았다.

원지석이 첼시 시절에 붙었던 때와 비교하면 꽤나 많은 선수들이 바뀌었다.

수비진엔 풀백의 변화가 눈에 띄었다.

필리피 루이스와 후안 프랑을 대체하며 주전 자리를 잡은 뤼카와 브르살리코가.

미드필더진엔 유스에서 성장하고 입지를 다진 토마스 파르티, 그리고 임대에서 돌아온 비톨로가.

공격진에는 새로 영입된 르마와 돌아온 디에고 코스타를.

그때와 비교하면 오히려 더 젊고 에너지가 넘치는 팀이 되었다고 할 수 있을 것이다. 그런 AT 마드리드를 상대로 원지석은 433 전술을 꺼냈다.

포백에는 할슈텐베르크, 오르반, 히메네스, 베르나르두가.

중원에는 세리와 캄플이 짝을 맞추고, 그 뒤를 뎀메가 받쳤다.

최전방의 쓰리톱은 포르스베리, 베르너, 자비처가 나왔다.

핵심은 중원이었다.

포르스베리, 세리, 캄플이 얼마나 경기를 잘 풀어주냐에 따라 이번 경기의 결과가 바뀔 것이다.

원지석은 고개를 들었다.

첼시 시절에 방문했던 비센테 칼데론과는 다른 경기장이었다.

이곳이 AT 마드리드의 새로운 홈 경기장인 완다 메트로폴리타노.

17/18 시즌에 개장한 완다 메트로폴리타노는 6만 7천 명의 관중을 수용할 수 있는 경기장이었다.

새로 지은 경기장이라 그런지 굉장히 으리으리한 느낌이 들었다.

다만 이러한 새 경기장에 거부감을 드러내는 팬들도 있었다. 비센테 칼데론과 50년이란 시간을 함께했던 만큼 새로운 홈에 적응을 하지 못한 사람도 있었다.

그래도 경기장은 홈 팬들로 가득 차 원정 팀인 라이프치히에게 굉장한 위압감을 보였다.

그때 원지석에게 다가온 사람이 있었다.

AT 마드리드의 감독인 시메오네가 손을 내밀며 말했다.

"오랜만이군."

"그러네요. 잘 지내셨죠?"

"나야 뭐 그렇지."

악수를 나눈 시메오네가 씨익 웃으며 말을 이었다.

"그때부터 평범한 녀석은 아니라 생각했는데, 지금도 독일에선 꽤나 떠들썩한 모양이군."

"다 필요한 일이죠."

그렇게 말한 원지석이 쓰게 웃었다.

시메오네는 눈앞의 녀석과 처음 만났을 때를 떠올렸다.

당시 서른도 되지 않은 애송이는 이후 트레블이라는 위대한 업적을 이룬 감독이 되었다. 최근에는 그 보수적인 분데스리가에서 논란의 중심이 된 모양이었고.

―두 팀의 감독이 즐겁게 이야기를 나누고 있군요.

―전에는 한 번 마찰이 있다가도 경기가 끝나고선 바로 감정을 풀었던 일이 있었죠. 어찌 보면 비슷한 캐릭터이긴 합니다.

"잘해보자고."

"잘해보죠."

벤치로 돌아간 두 감독은 표정을 바꾸며 매서운 얼굴로 그라운드를 주시했다.

삐이익!

경기가 시작되었다.

오늘 AT 마드리드의 측면미드필더로 나온 코케는 많은 활동량을 가진 플레이메이커였다. 측면과 중앙을 가리지 않고 뛰며 몇 년 동안 시메오네의 핵심 선수로 꼽혔다.

코케가 측면에서 공을 한번 잡은 뒤 사울 니게스에게 스루 패스를 찔렀다.

사울 니게스 역시 다재다능함을 뽐내는 선수였다. 특히 강팀을 상대로 멋진 모습을 보여준 적이 많아 대표적인 강팀 킬러로 뽑혔다.

캄플이 그 옆을 모기처럼 따라다니며 공을 따내는 데 성공했다. 하지만 바로 이어진 니게스의 압박에 고전을 면치 못했다.

결국 다시 공을 빼내는 데 성공한 니게스가 매끄러운 드리블로 라이프치히의 중원을 거침없이 달렸다.

니게스의 전진과 함께 AT 마드리드의 투톱도 측면으로 빠지며 자리를 만들었다.

코스타가 득점을 노리기 위해 수비진 사이를 어슬렁거렸다면 르마는 달랐다. 그는 좀 더 아래로 내려와 니게스의 부담을 덜어주었다.

—니게스의 패스가 르마를 향합니다!

날카로운 패스를 잘 받아낸 르마가 슬쩍 수비 라인을 보았다. 수비 틈을 돌파하는 코스타의 모습이 보였다.

르마의 장점 중 하나는 바로 강력한 왼발 킥이었다. 그것은 슛이 아닌 패스에서도 잘 드러나는 장점이었다.

쾅!

빨랫줄처럼 휘는 얼리크로스가 페널티박스 안으로 향했다. 그 공을 먼저 차지한 사람은 코스타가 아니었다. 라이프치히의 센터백인 호세 히메네스였다.

—먼저 공을 걷어내는 히메네스! 사람들이 기대했던 장면 중 하나가 나옵니다!

원지석을 떠난 코스타와 시메오네의 품에서 벗어난 히메네스가 맞붙었다.

첫 번째 싸움의 승자는 히메네스라 할 수 있었지만 안심하기엔 이르다. 수비수가 좋은 모습을 보여주다가도 한 번의 실수로 골을 먹힌다면, 사람들은 그 실점만을 기억할 뿐이니까.

세트피스 상황에서 굴라치가 공을 잡아내며 라이프치히의 역습이 시작되었다.

역습의 핵심은 측면의 포르스베리와 중앙의 세리였다.

포르스베리는 측면을 빠른 속도로 달리면서도 수비수가 붙어오면 세리와의 원투 패스로 그 압박을 벗어났다.

―포르스베리! 빨라요!

그런 둘을 막기 위해 세 명의 미드필더가 움직였다.

AT 마드리드의 오른쪽 측면미드필더인 비톨로가 니게스와 함께 포르스베리를, 중앙미드필더인 토마스 파르티는 세리의 앞을 커버했다.

비톨로가 앞을 막으며 공간을 차단하자 사울 니게스가 태클을 걸었다.

사울 니게스는 센터백까지 뛸 수 있을 정도로 수비적인 재능이 뛰어나다. 포르스베리 역시 그 정보를 코치진에게 지겨울 정도로 들었기에 재빨리 공을 보냈다.

반대쪽 측면으로 보내진 공을 받은 사람은 캄플이었다.

발등으로 공을 받은 그가 중앙을 향해 파고드는 자비처를 발견하곤 곧바로 패스를 날렸다.

자비처는 그 패스를 논스톱 슈팅으로 마무리했다.

쾅!

강한 슈팅이 골문을 향했지만 살짝 빗나가며 관중석을 때렸다.

―아슬아슬하게 골대를 스친 공이 빗나갑니다! 중계 화면에선 골인 줄 알았을 거예요!

AT 마드리드의 팬들이 안도의 한숨을 쉬었다.

이후 경기는 그와 비슷한 형태로 흘러갔다.

그중에서도 눈에 띄는 것은 사울 니게스였다.

그는 공수 양면으로 마음껏 활약하며 라이프치히를 괴롭혔다.

거기다 먼 거리에서 때리는 중거리 슈팅도 위협적이었기에 지켜보는 원지석의 간담을 서늘하게 만들었다.

기대를 모았던 르마는 오늘 별다른 활약을 보이지 못했다. 워낙 피지컬이 약한 선수이기에 뎀메의 거친 압박에 고전을 면치 못한 것이다.

그러던 중 골이 터졌다.

골을 넣은 것은 디에고 코스타였다.

할슈텐베르크를 제치고 그대로 페널티박스 안에 침입한 그가 강렬한 슈팅을 때리며 골 망을 흔들었다.

─고오오올! 팬들 앞에서 포효하는 디에고 코스타!

와아아!

디에고! 디에고! 디에고!

AT 마드리드의 팬들이 환호하며 코스타의 이름을 연호했
다. 그런 그는 원지석을 보더니 손가락을 까딱거렸다.

"이 새끼가."

쏩 하고 혀를 찬 원지석은 이내 피식하고 웃었다.

귀여운 도발에 넘어가고 싶은 마음은 없었다.

라이프치히의 공격진은 측면이 아닌 중앙을 노렸다. 고딘은
여전히 최고의 수비 스킬을 가진 센터백이지만, 그의 파트너
인 사비치는 다르다.

그는 플레이에 기복이 있는 센터백이었다.

매우 든든한 플레이를 보여주다가도 어느 순간 흔들리는
게 사비치다.

원지석은 그런 사비치를 집중적으로 노릴 것을 주문했다.
그리고 아주 잠깐이지만 사비치의 실수와 함께 AT 마드리드
의 수비 라인이 흔들렸다.

자비처가 태클에 실패한 사비치를 피하며 페널티에어리어

안을 향해 들어갔다.

그런 그를 보며 고딘이 고민에 빠졌다.

라이프치히의 주 득점원은 티모 베르너가 분명하다.

하지만 베르너를 마크하러 갔다간 침투하는 자비처가 자유롭게 슈팅을 때릴 것이다. 그때 자비처의 뒤를 따라 달리는 뤼카 에르난데스의 모습이 보였다.

'시간을 끈다.'

지역 수비를 하며 슈팅 각도를 내주지 않는다면 충분히 시간을 끌 수 있을 것이다.

그러다 수비진에 복귀한 뤼카와 함께 협동 수비를 하는 쪽으로 계산을 끝낸 고딘이 뒷짐을 서며 자비처의 앞을 막았다.

그리고 그 순간.

속력을 줄이지 않은 자비처가 그대로 슈팅을 날렸다.

고딘은 그 슈팅을 보며 황급히 다리를 들었지만 공은 그 옆을 스치며 골문를 향해 쏘아졌다.

—아아! 공을 막아내는 오블락 골키퍼!

—지금 선방은 한 골이나 다름없습니다!

세계 최고의 골키퍼 중 하나로 꼽히는 오블락이 손끝으로 공을 걷어냈다.

모든 사람들이 그 장면을 보며 경악을 토했다. 골과 마찬가지였던 슈팅을 손끝으로 각도만 바꾸며 선방을 한 것이다.

자비처가 두 손으로 자신의 얼굴을 덮으며 소리를 질렀다. 분노와 수치심이 그를 덮쳤다.

"와, 미친."

욕지거릴 중얼거린 원지석이 코너킥을 준비하기 위해 올라가는 선수들을 격려했다.

라이프치히의 선수들이 AT 마드리드의 페널티에어리어 안으로 들어갔다. 코너킥을 차는 사람은 포르스베리였다.

─포르스베리가 코너킥을 찹니다.

쾅!

강하게 쏘아진 크로스가 페널티박스 안으로 휘었다. 모든 선수들이 그 공을 받기 위해 자리를 잡았다.

처음 공을 건드린 사람은 베르너였다.

180㎝라는 키는 공격수에게 큰 편은 아니다. 그럼에도 좋은 위치 선정으로 많은 헤딩골을 넣는 그가 크로스를 잘라먹으며 방향을 골문으로 바꾸었다.

─이번에도 막아내는 오블락 골키퍼!

골대의 오른쪽 상단 구석으로 빨려 들어가던 공을 또다시 오블락이 쳐냈다.

하지만 그가 쓰러지는 것과 동시에.

떨어지는 공을 향해 달리는 사람이 있었다.

호세 히메네스였다.

그가 논스톱 발리슛으로 강렬한 슈팅을 때렸다.

─아아아! 골입니다! 골이에요! AT 마드리드의 홈으로 돌아온 호세 히메네스가 동점골을 터뜨립니다!

히메네스는 친정 팀에 대한 예우로 셀레브레이션을 하지 않았다.

하지만 묘한 상황이었다.

경기 전부터 주목을 받았던 두 선수가 골을 터뜨리며 화답을 한 것이다.

─두 팀의 감독에겐 참 묘한 상황이겠습니다!

그 말대로 한때 함께했던 선수들에게 당한 시메오네와 원지석이었다.

이걸로 스코어는 동점.

아직 경기는 끝나지 않았다.

*   *   *

코스타와 히메네스의 대결은 치열했다.

골을 넣기 위해 움직이는 공격수와 골문을 지키려 몸을 던지는 수비수.

둘은 페널티에어리어에서 계속 맞붙으며 사람들을 열광시켰다.

―또 한 번 코스타의 슈팅을 막아내는 히메네스! 오늘 그는 철벽같은 모습을 보여주고 있습니다!

백미는 후반 54분에 있었던 수비였다.

라이프치히의 또 다른 센터백인 오르반을 제친 코스타가 슈팅을 하려 할 때, 뒤에 있던 히메네스가 달려와 슬라이딩태클을 한 것이다.

다리는 건들지 않고 정확히 공만 빼낸 환상적인 태클이었다.

감독들도 승리를 위해 최선을 다했다.

원지석은 교체 카드를 꺼내 경기에 변화를 주었다.

먼저 거구의 공격수 유수프 폴센이 자비처를 대신해 투입되었다. 그리고 캄플을 대신해 브루마가 들어갔다.

폴센의 활동량과 높이, 그리고 브루마의 속도는 새로운 변화가 되어줄 터.

캄플이 빠지며 중원에 공백이 생기자 세리는 공을 끌고 전진하기보다는, 후방 플레이메이커가 되어 중원에 안정감을 가져왔다.

AT 마드리드도 교체 카드를 꺼냈다.

시메오네는 오늘 부진한 활약을 보였던 토마 르마를 빼고 케빈 가메이로를 넣었다. 가메이로는 민첩한 움직임으로 골을 노리는 전형적인 골잡이였다.

새롭게 투입된 선수들 중 가장 눈에 띄는 것은 폴센이었다.

그는 193cm라는 큰 키를 이용해 포르스베리나 브루마의 크로스를 헤딩으로 성공시키며 때때로 날카로운 헤딩슛을 날리기도 했다.

—이번엔 사비치가 먼저 헤딩을 따냅니다!

사비치가 그런 폴센을 전담 마크하며 나쁘지 않은 모습을 보여주었다. 그는 공중볼 싸움에 매우 능한 선수로 헤딩 경합에서 웬만해선 지지 않았다.

치열한 경기의 시간이 계속해서 흘렀다.

어느덧 80분이 넘어갔지만 스코어의 변화는 없는 상태.

그때 양 팀의 벤치에서 트러블이 일어났다.

사람들은 이번에도 시메오네와 원지석이 싸운 건가 싶었지만, 오히려 그들은 싸움의 당사자들을 말리는 모습이 보였다.

"쥐방울만 한 새끼!"

"사료만 잔뜩 처먹은 멧돼지 같은 새끼!"

굉장히 큰 덩치의 남자와 상대적으로 얄팍한 남자가 서로를 노려보았다.

그들은 AT 마드리드의 수석 코치인 호르헤 부르고스와 라이프치히의 수석 코치인 케빈 오츠펠트였다.

즉, 양 팀의 수석 코치들이 충돌한 것이다.

경기 도중 있었던 판정에 불만을 품은 둘이 부심에게 항의를 하다가 서로를 보며 으르렁거린 게 시발점이 되었다.

AT 마드리드의 수석 코치인 헤르만 부르고스는 엄청난 덩치를 가졌고, 그 시메오네가 말릴 정도로 다혈질이다.

그리고 케빈 오츠펠트는.

다혈질이라 해야 할지, 돌아이라 해야 할지.

그런 쪽으로는 어디 가서 빠지지 않는 사람이었다.

결국 원지석과 시메오네가 그런 둘을 말리며 상황은 일단락

되었다. 다만 부르고스의 앞을 시메오네가 필사적으로 막았다면, 케빈은 질질 끌려가고 있다는 게 달랐지만.

"그만해요, 케빈."

씩씩거리는 케빈을 벤치에 처박은 원지석이 한숨을 쉬며 돌아왔다. 부르고스 역시 멀찍이 떨어져 다른 스태프들이 꽁꽁 묶은 상태였다.

상황을 정리한 시메오네가 진이 빠진 얼굴로 고개를 저었다.

"당황스럽군."

"그러게요."

쓴웃음을 짓는 둘을 보며 케빈이 무언가 욕지거릴 중얼거렸지만 잠깐의 해프닝으로 마무리되었다.

삐이익!

이후 경기는 무승부로 끝났다.

두 팀에게 다행인 점이 있다면 다른 곳에서 경기를 하던 나폴리와 PSV 역시 무승부를 거두었다는 거였다.

이로서 순위 변동은 없었다.

그리고 다음 경기를 통해 얼마든지 순위가 변동할 수 있었다.

「[카데나 세르] 쓴웃음을 짓는 감독들」

한편 경기 후반에 있었던 마찰이 작게 언급되었다.

수석 코치들의 싸움을 말린 뒤 쓴웃음을 짓는 시메오네와 원지석의 사진을 보며 사람들은 재미있다는 반응을 보였다.

─뭐냐 저 말썽 피우는 애들 보는 눈빛은??
─지들 싸우던 건 생각 못 하고ㅋㅋㅋㅋ

어찌 됐든 더 이상의 트러블은 없었다.

독일에 복귀한 라이프치히는 계속해서 승리를 이어가며 곧 있을 도르트문트전을 준비했다.

경기를 앞두고 주목할 점이 있다면 긴 부상에서 돌아온 마르코 로이스일 것이다.

도르트문트의 핵심 선수인 로이스는 최근 긴 부상에서 복귀하며 폼을 올리고 있었다.

1년에 가까운 시간을 뛰지 못했지만 점차 나아지는 퍼포먼스를 보면 라이프치히 쪽에서도 우습게 볼 상황은 아니었다.

"유리 몸에도 클래스가 있는 건가."

케빈은 그렇게 말하며 로이스의 복귀 영상을 보았다.

생각보다 나쁘지 않은 경기력이었다. 아니, 다른 선수들이 부진한 만큼 오히려 눈에 띄는 중이라고 할 수 있다.

이렇듯 로이스는 긴 부상을 당하더라도 다시 돌아올 땐 언제 그랬냐는 듯 좋은 폼을 보여주었다.

다만 그런 그도 이제 서른에 접어들 나이였다.

도르트문트와의 계약은 이번 시즌이 마지막이었기에 과연 재계약을 할지 귀추가 주목되는 상황.

일단 양측 모두 상황을 지켜본다는 반응으로 재계약을 미뤄두는 중이었다.

이러한 상황에 로이스를 둘러싼 이적설 역시 사그라지지 않았다. 유리 몸이 부담스럽다고 해도 자유 계약으로 풀린다면 확실히 구미가 당기는 매물이었으니까.

중요한 건 이번 시즌 로이스의 노력에 따라 달라질 것이다.

라이프치히에선 로이스의 선발을 예상하며 대응 전술을 짰다.

사실 도르트문트의 다른 공격진들은 최악의 폼을 보여주고 있기에 당연하다면 당연한 대응이었다.

특히 팀의 간판 공격수인 오바메양 말고는 믿을 만한 공격수가 없다는 게 컸다.

아스날로 떠날 것이 유력하던 오바메양은 이번에도 팀을 떠나지 못했다.

도르트문트 보드진 측에서 확실한 이적 조건이 아니면 팀을 떠날 수 없다고 못을 박았기 때문이다.

지난 시즌 겨울부터 팀을 나가기 위해 라커 룸에 부정적인 영향을 끼친 오바메양인 만큼 괘씸죄가 적용된 모양이었다.

다만 그렇게 책정된 가격이 너무 높았다는 게 문제였다. 곧 서른이 되는 선수에게 7,000만 파운드, 한화로 약 930억이라는 가격에 섣불리 구매할 구단은 없을 테니까.

그럼에도 이번 시즌 역시 팀의 유일한 득점원에 가까웠기에 이적설은 끊임없이 나오고 있었다.

오바메양 하나만을 막느냐, 아니면 로이스와 오바메양의 조합을 막느냐.

원지석으로선 후자의 가능성을 더 높게 보고 경기를 준비했다. 로이스가 멀쩡히 뛸 때는 둘의 조합이 꽤나 괜찮아 도르트문트의 로빈과 배트맨이라는 별명이 있을 정도였다.

「[빌트] 곧 다가올 하센휘틀 더비」
「[빌트] 도르트문트는 그들의 자존심을 지킬 수 있을까?」

이번 시즌 라이프치히가 타도 바이에른을 외쳤다지만 가장 투덕거린 쪽은 도르트문트에 가까웠다.

바이에른이 별 반응을 보이지 않던 것과 반대로, 도르트문트는 지속적으로 라이프치히와 말싸움을 벌였기 때문이다.

특히 도르트문트의 회장이 전통과 근본에 대한 이야기를 자주 했던 만큼 이번 경기는 자존심을 건 싸움이라 볼 수 있었다.

거기다 현 도르트문트의 감독인 하센휘틀은 지난 시즌까지만 하더라도 라이프치히의 감독이었다.

하센휘틀은 인터뷰로 도르트문트를 지지하는 발언을 했다.

물론 현재 감독으로 있는 팀이니 당연한 이야기지만, 그게 라이프치히 팬들의 심기를 자극했기에 다가올 경기의 분위기는 뜨거웠다.

경기는 도르트문트의 홈인 지그날 이두나 파크에서 이루어졌다.

8만 1천 명을 수용할 수 있는 이 거대한 경기장은 사람들로 가득 채워져 있었다.

그리고 팀을 응원하는 다채로운 카드섹션은 마치 라이프치히 선수들과 팬들을 비웃는 것 같았다.

'너희는 이런 걸 못 하지?'

경기장을 가득 채운 홈 팬들이 부르는 노래는 압도적이었다.

다른 리그에선 이러한 응원 문화를 분데스리가의 특징으

로 꼽을 정도로, 팬들의 열기가 가장 뜨거운 곳 중 하나였다.

구석에 크게 걸린 걸개도 눈에 띄었다.

50+1.

분데스리가의 전통이자 독일 축구만의 특색.

그들은 본인들의 역사에 자부심을 가졌다.

"워."

카드섹션을 보던 케빈이 나지막이 감탄을 토하며 레드불을
한 캔 땄다.

쥐트리뷰네.

남쪽 스탠드를 뜻하는 독일어.

도르트문트의 남쪽 스탠드는 다른 스탠드보다 더 많은 인
원을 수용할 수 있기에 이 쥐트리뷰네에서 뿜어내는 열기는
모두가 극찬한다.

이제는 팀의 상징이 된 카드섹션도 쥐트리뷰네에서 나오는
퍼포먼스였다.

이 경기장을 원정 팀의 무덤으로 만드는 이유 역시 쥐트리
뷰네에서 만드는 엄청난 응원이 크게 작용했다.

양 팀의 라인업이 발표되었다.

하센휘틀은 라이프치히에서 그랬던 것처럼 도르트문트에도
4222 포메이션을 도입했다.

포백은 게레이루, 소크라테스, 바르트라, 피슈첵이.

중앙미드필더에는 다후드와 율리안 바이글이.

공격형미드필더에는 괴체와 퓰리시치가.

최전방에는 마르코 로이스와 오바메양이 섰다.

중앙을 책임진 다후드와 바이글은 공수 양면으로 좋은 모습을 보이는 선수였다.

다후드가 좀 더 공격적인 중앙미드필더이고, 바이글은 그 뒤에서 수비적인 역할을 부여받았다.

공격형미드필더로 나온 괴체와 퓰리시치는 윙어로 뛸 수도 있는 선수들이었다. 그들은 중앙과 측면을 가리지 않고 경기를 풀어갈 것이다.

최전방의 로이스와 오바메양은 한때 리그 최고의 콤비로 뽑히던 조합이었다. 로이스의 몸 상태가 최고라면 지금도 틀린 이야기는 아니다.

원지석은 그런 라인업을 상대로 442 포메이션을 꺼냈다.

그 명단을 보면 사람들의 예상과는 크게 벗어나지 않았지만, 결정적으로 다른 게 있었다.

―오늘은 폴센 선수가 수비형 윙어로 나오는군요?

―그리고 자비처 선수가 처진 스트라이커로 나왔습니다.

포백은 할슈텐베르크, 우파메카노, 히메네스, 베르나르두가 나오며 파이팅이 넘치는 조합이 만들어졌다.

중원은 포르스베리, 세리, 템메, 폴센이.

공격진은 베르너와 자비처가 투톱을 이루었다.

만약 폴센이 최전방에 있었다면 여느 때와 같았던 라인업일 것이다. 하지만 오늘 그는 오른쪽의 수비형 윙어로 나오며 변화를 알렸다.

이는 풀리시치를 의식한 변화였다.

최근 포텐이 만개한 풀리시치는 도르트문트 중원의 핵심적인 선수로 자리 잡았다.

이번 시즌에도 오바메양이란 스코어러가 있다지만, 그 골이 만들어지기까지의 상황 대부분은 풀리시치의 발끝에서 만들어질 정도였으니까.

원지석은 이러한 선수를 신경 쓰지 않을 수가 없었다.

그렇기에 수비형 윙어로도 뛸 수 있는 폴센을 측면에 두며 풀리시치를 제어하길 원했다. 이 수가 통할지는 곧 알게 될 터였고.

경기가 시작되었다.

역시 도르트문트의 공격 전개는 풀리시치를 통해 시작되었다.

그런 선수를 막기 위해 템메와 폴센이 움직였다. 솔직히 말해 괴체나 다후드는 부진을 겪고 있기에 큰 신경을 쓸 필요는 없었다.

폴센이 길을 차단하고 뎀메가 안쪽에서 태클을 시도했다. 퓰리시치는 폴센의 다리 사이로 공을 흘리며 괴체에게 넘겼다.

─괴체의 패스가 우파메카노에게 커트됩니다!

너무 뻔히 보이는 패스를 잘라낸 우파메카노가 공을 몰고 그대로 달렸다. 그는 발 기술이 나쁘지 않아 가끔 이렇게 빌드 업의 시발점이 되었다.

우파메카노가 측면을 향해 긴 패스를 보냈다.

그 공을 받은 사람은 포르스베리였다.

하센휘틀 감독은 포르스베리의 실력을 가장 잘 아는 사람이다. 본인이 직접 지도한 선수였기에 모를 수가 없었다.

"모두 자리 잡아!"

도르트문트의 선수들이 포르스베리를 막기 위해 자리를 잡았다. 그는 분명 뛰어난 선수지만 약점이 없는 건 아니다.

그중 하나가 공을 가지고 있는 상태에선 탈압박을 잘 하지 못한다는 거였다.

그랬기에 원지석은 그와 함께 세리를 두었다.

공을 세리에게 넘긴 포르스베리는 수비수를 제친다. 그리고 다시 세리에게서 공을 받는 2 : 1 형식의 패스를 말이다.

하셴휘틀 역시 그런 점을 잘 알고 있기에 자신의 선수들에게 거친 압박과 지역 수비로 패스를 끊어낼 것을 지시했다.

"아악!"

하지만 바이글에게 정강이를 차인 포르스베리가 비명을 질렀다.

그는 자신의 무릎을 감싸 쥐며 팀닥터를 불렀다.

"시벌."

그라운드 안으로 뛰는 팀닥터들을 보며 원지석이 욕지거릴 내뱉었다. 이윽고 들것에 실린 포르스베리가 라인 밖으로 옮겨졌다.

다리 상태를 확인하는 팀닥터들의 얼굴이 어두웠다.

그들은 곧 교체 사인을 보내며 포르스베리가 뛸 상태가 아니라는 걸 알렸다.

"좆 됐다."

경기가 시작되자마자 팀의 핵심 선수가 빠진 것이다.

*   *   *

포르스베리는 결국 부상으로 경기장을 이탈했다.

그는 병원으로 이송되어 정밀검사를 받을 것이다.

거친 반칙을 저질렀던 율리안 바이글은 옐로카드를 받았다. 원지석은 왜 레드가 아니냐며 항의를 했지만.

"개같은!"

주심의 경고 끝에 벤치로 돌아온 원지석이 욕지거릴 내뱉으며 화를 삭였다.

냉정해져야 했다.

경기는 이제 시작이다.

감독이라면 최대한 이성적인 판단을 내릴 필요가 있었다.

원지석은 교체 카드 한 장을 쓰며 포르스베리의 빈자리에 브루마를 투입시켰다.

―벤치에 있던 브루마가 급하게 조끼를 벗습니다.

―아마도 측면에서의 볼 운반을 위한 교체 같군요.

포르스베리는 팀의 플레이메이커 중 하나이지만, 동시에 측면에서 볼 운반을 담당하던 드리블러다.

평소 라이프치히는 그런 포르스베리와 세리가 함께 경기를 풀어갔다.

―지금의 교체로 브루마와 세리의 역할이 나누어질 것으로 보입니다.

중계진의 추측대로 브루마는 측면에서의 공 운반을 지시받았다. 그리고 세리는 팀의 플레이 메이킹을 책임졌다.

세리는 프랑스 리그 시절 베라티와 함께 최고의 플레이메이커로 꼽히던 선수였다. 드리블 역시 뛰어난 선수기에 브루마의 부담을 줄여줄 것이다.

그럼에도 핵심 선수의 이탈은 뼈아팠다.

몸을 풀지도 못하고 들어온 브루마가 아직 경기에 적응하지 못하는 모습을 보여줬기 때문이었다.

만약 포르스베리였으면 측면에서 예술적인 패스를 뿌렸을 장면도, 어설픈 패스로 공을 헌납하며 지켜보던 팬들이 한숨을 내쉴 정도였다.

라이프치히의 공격은 효율적이지 못했다.

반대로 도르트문트의 공격은 날카로웠다.

경기가 잘 풀리지 않을수록 브루마는 조급한 모습을 보였다.

실수를 만회하기 위해 상대 팀 진영에서 머무르는 시간이 길어졌고 이는 팀의 균형이 어긋나는 걸 초래했다.

이렇게 중원에 벌어진 틈을 이용한 도르트문트가 결정적인 장면을 뽑아냈다.

브루마에게서 공을 뺏어낸 바이글이 텅텅 빈 측면에 긴 패스를 찔렀다. 하프라인을 가로지르는 공에 따라붙은 것은 풀리시치였다.

라이프치히 선수들이 압박을 시도하자 슬쩍 골문을 본 그가 그대로 슈팅 자세를 잡았다.

—풀리시치! 아아아! 골입니다! 고오올! 먼 거리에서 환상적인 원더 골을 성공시키는 크리스티안 풀리시치!

설마 저 위치에서 슈팅을 때릴지는 몰랐던 굴라치 골키퍼가 뒤늦게 몸을 던졌지만, 이미 공은 골문 안을 향해 빨려 들어가고 있었다.

풀리시치는 쥐트리뷔네 앞으로 달려가 셀레브레이션을 선보였다. 팬들은 목이 아프지도 않은지 엄청난 함성과 함께 그의 이름을 연호했다.

"진짜 좆 됐다."

케빈이 그렇게 중얼거리며 한숨을 쉬었다.

—경기를 지켜보던 한스 요아힘 회장이 손을 번쩍 들며 환호하는군요!

—하하, 너무 기뻐하는데요?

도르트문트의 회장인 한스 요아힘이 VIP석에서 환호하는 모습이 중계 카메라를 통해 잡혔다.

그렇게 무시했던 라이프치히를 상대로 좋은 경기력과 환상적인 골까지 얻어냈으니 어찌 기쁘지 않을까.

삐이익!

휘슬과 함께 전반전이 종료되었다.

선수들은 지친 얼굴로 라커 룸에 들어갔다.

"후우."

원지석은 그런 선수들을 보며 소리를 지르지 않았다. 만약 자만이나 동기부여의 상실로 인한 부진이었다면 라커 룸을 한바탕 뒤집었을 것이다.

그러나 헤어드라이어도 상황을 봐서 써야 한다. 이런 상황에서는 오히려 역효과가 날 수 있었다.

선수들을 다독여 준 그가 분위기를 전환하기 위해 태블릿 PC를 꺼냈다.

"이거 봐라."

화면 속에는 환호하는 한스 요아힘의 모습이 담겨 있었다. 전반전 종료 후 남겨진 리플레이였다.

"쟤들이 이렇게 무시하는데 화나지도 않냐."

평소 그들을 비난했던 사람이기에 선수들의 눈에서 불꽃이 튀었다. 어떤 녀석은 욕지거릴 뱉으며 분노를 표출했다.

"괜찮아. 너희들은 잘하고 있어. 이대로만 하면 된다."

원지석은 선수들을 크게 자극하지 않았다.

굳이 기름을 끼얹을 필요는 없다.

꺼져가는 불씨를 살릴 정도면 충분하다.

"그리고 브루마."

그 말에 브루마가 흠칫 어깨를 떨었다.

실점의 빌미를 본인이 제공했다는 걸 알기에 가시방석이 따로 없는 자리였다.

브루마에게 다가간 원지석은 그의 등을 찰싹 때리고선 머리를 헝클었다.

"정신 똑바로 차려. 네가 포르스베리야? 아니! 넌 브루마야. 언제부터 브루마가 그런 플레이를 했지?"

"죄송합니다."

"죄송할 게 뭐 있어. 네가 할 수 있는 거만 하면 돼."

브루마와 포르스베리는 다른 선수다.

어느 쪽이 더 우월하냐의 문제가 아니었다.

각기 다른 장점을 가진 플레이 스타일의 차이였지.

오히려 브루마는 포르스베리가 가지지 못한 무기를 가지고 있었다. 원지석은 그가 그 모습을 보여주길 원했다.

"가자."

하프타임이 끝나갈 때가 되었다.

터널을 걷던 원지석은 주머니 속에서 느껴진 진동에 스마트 폰을 꺼냈다.

포르스베리를 따라 병원으로 간 팀닥터에게서 온 전화였다.

"어때요?"

─최악의 상황은 피했습니다. 부상 기간은 더 검사를 해야 알 수 있겠지만, 수술까진 가지 않아도 된다는군요.

"다행이네요."

한숨을 쉰 원지석이 전화를 끊었다.

부상을 당하더라도 수술의 유무에 따라 그 심각성이 나뉘기도 한다. 지금으로선 부상 기간이 짧게 나오길 기도하는 수밖에.

후반전이 시작되며 라이프치히는 선수교체를 알렸다.

폴센이 빠지고 캄플이 들어간 것이다.

수비형 윙어로 나왔던 폴센은 압박을 잘해주었지만 이제는 골이 필요했다.

후반전이 시작되며 가장 눈에 띄는 변화가 있다면 바로 브루마였다. 긴장이 풀리며 경기에 녹아들기 시작한 건지 점차 좋은 모습을 보여주고 있었다.

'나는 나야.'

브루마가 이를 악물며 속력을 올렸다.

그는 포르스베리처럼 뛰어난 플레이메이커는 아니더라도,

돌파력만큼은 리그에서도 최고로 꼽히는 선수였다.

─또다시 측면을 돌파하는 브루마! 이제는 경기에 완전히 적응한 것으로 보이는군요!

─오늘 도르트문트의 오른쪽 풀백인 피슈첵은 힘든 후반전을 보내고 있습니다.

반면 도르트문트의 오른쪽 풀백인 피슈첵은 이제 기량 하락이 뚜렷한 노장이었다.

만약 풀백의 보강이 제대로 되었다면 오늘 그가 경기로 나올 일은 없었을 테지만.

"시발, 벤치에 있는 게 톨리안이냐!"

한 도르트문트의 팬이 분노 섞인 소리를 질렀다.

피슈첵의 대체자로 영입했던 톨리안은 지난 시즌 최악의 모습을 보여준 풀백 중 하나였다.

다만 하센휘틀이 한 번 더 기회를 줄 것을 표방했고, 이는 새로운 풀백의 영입은 없다는 걸 뜻했다.

그 결과는 썩 좋지 않았다.

지난 시즌보다는 그나마 낫다고 해도.

아직까지 33세의 피슈첵이 강제적인 주전을 뛰고 있다는 것에 적지 않은 팬들이 실망하는 중이었으니까.

그리고 오늘 도르트문트는 제대로 된 풀백 보강을 하지 않은 것을 뼈저리게 후회하고 있을지 몰랐다.

―또다시 피슈첵을 벗어난 브루마! 브루마! 슈우우웃!

텅!

브루마의 슈팅에 골대가 흔들렸다.

얼마나 강한 슈팅이었는지 골대가 지르르 울리며 진동을 남겼다.

조금씩 활발히 움직이던 브루마는 이윽고 자신감을 완전히 되찾았는지 도르트문트의 측면을 탈탈 털어버리는 모습을 보여주었다.

피슈첵은 전혀 다른 선수가 된 브루마를 보며 당황했다. 갑작스러운 변화에 놀란 것은 그만이 아니다.

전반전까지만 하더라도 그의 실수를 조롱하던 쥐트리뷔네는 측면을 폭격하는 브루마를 보고선 침묵에 빠졌다.

저 선수가 그 선수가 맞는 건가.

갑작스러운 변화는 경기에 적응했다거나, 몸이 풀렸다는 말로는 설명이 부족할 지경이었다.

그래, 마치.

―원 감독이 브루마에게 마법을 부렸습니다!

"잘하고 있어."

원지석이 그런 브루마의 플레이에 흡족한 미소를 보였다.

그가 한 것은 마법이 아니다.

브루마는 원래부터 저런 실력을 가진 선수였다.

전반전의 부진은 멘탈적인 문제가 컸다.

계속해서 으르렁거린 도르트문트와의 빅 매치, 거기다 핵심 선수인 포르스베리의 이탈.

그 빈자리를 채워야 한다는 부담감에 맞지 않는 옷처럼 본인에게 어울리지 않는 플레이를 보여준 것이다.

그러다 이어진 실수, 들려오는 조롱과 함께 더욱 심해진 부담감은 꼬리에 꼬리를 문 악순환이 되었다.

이런 상황엔 무슨 말을 해도 귀에 들어오지 않았다. 그랬기에 라커 룸에서의 말이 중요한 거고.

부담감을 덜어낸 것만으로도 전혀 다른 선수가 될 수 있다. 원지석은 마법이 아닌 그의 짐을 덜어준 것뿐이었다.

―또다시 페널티박스로 침입하는 브루마!

라인 깊숙이 치고 들어간 브루마가 슬쩍 옆을 보았다. 피슈첵만으로는 부족하다 판단한 건지 센터백인 바르트라가 함께 오고 있었다.

그리고 그 뒤쪽에서 달려오는 베르너가 보였다.

오프사이드트랩은 이미 파괴되었다.

브루마는 낮고 강한 스루패스를 찔렀다.

빠른 발로 소크라테스를 따돌린 베르너가 망설임 없이 강한 슈팅을 날렸다.

쾅!

골 망이 찢어질듯 흔들리며 지그날 이두나 파크가 침묵에 휩싸였다.

ㅡ고오오올! 강한 슈팅으로 동점을 만들어내는 티모 베르너! 벌써 리그에서만 15번째 골!

시즌 초반에 극심한 슬럼프를 겪은 걸 생각하면 무시무시한 득점 페이스라 할 수 있었다.

원지석은 허공에 어퍼컷을 날리며 동점골에 환호했다. 베르너는 곧바로 공을 가져와 여기서 멈추지 않겠다는 의지를 밝혔다.

홈에서 비길 수는 없다는 듯 도르트문트 역시 라인을 높게 올리며 라이프치히에게 압박을 가했다.

풀리시치를 시작으로 로이스와 오바메양으로 이어지는 공격 연계는 무서웠다.

특히 분데스리가의 대표적인 크랙인 로이스와 재빠른 피니셔 오바메양의 조합은 상상 이상이었다.

다만 이런 높은 라인은 오히려 브루마에게 좋은 상황이 되었다. 오프사이드트랩을 뚫기만 한다면 텅텅 빈 뒤 공간을 달릴 수 있었으니까.

기회는 한 번 더 찾아왔다.

캄플의 크로스를 베르너가 헤딩으로 떨궜고, 이를 브루마가 가슴으로 트래핑했다.

한 번 튀어 오른 공.

그리고 그대로 슈팅을 준비하는 브루마.

쾅!

인 사이드로 감아 찬 발리슛이 골대 구석을 향해 긴 곡선을 그리며 휘어졌다.

─브루마! 브루마아아아아!!

─골입니다 골!! 엄청난 원더 골을 터뜨리는 브루마!!

와아아아아!!

라이프치히 원정 팬들의 소리가 들렸다. 그들이 내는 소리가 커진 게 아니다. 뜨겁기로 유명한 그 쥐트리뷰네마저도 입을 다물지 못한 것이다.

역전골을 넣은 브루마가 벤치까지 달리며 몸을 던지듯 날아올라 원지석에게 안겼다.

―감독에게 날아오른 브루마! 라이프치히 벤치의 모든 사람들이 그 둘을 껴안습니다!

격한 셀레브레이션 끝에 다시 경기가 재개되었다.

하지만 이후 더 이상의 골은 터지지 않았다.

브루마와 캄플은 수비적인 가담을 통해 팀의 안정감을 우선했고, 가끔은 무서운 역습을 보여주며 도르트문트를 서늘하게 만들었다.

삐이이익!

결국 라이프치히의 역전으로 경기가 끝났다.

「[빌트] 자존심을 구긴 도르트문트!」

「[BBC] 또 다른 가능성을 제시한 라이프치히」

빌트의 기사에는 도르트문트의 회장 한스 요아힘의 사진이 올려져 있었다.

선제골을 넣을 때만 하더라도 잔뜩 환호하던 그는 역전패로 경기가 끝나자 잔뜩 구겨진 얼굴로 경기장을 떠났다.

BBC는 이 경기를 기존의 틀이 깨지는 기점이 되진 않을까 추측했다. 물론 그러지 않을 가능성이 더 크다는 말을 뒤에 붙였지만.

모든 게 좋았던 경기였다.

다만 포르스베리의 부상은 치명적이었다.

대략 3주에서 4주 사이의 기간을 쉬어야 한다는 결과가 나온 만큼, 라이프치히에겐 청천벽력이나 다름없는 소리였다.

자칫하면 전반기 마지막 경기인 바이에른전에 핵심 선수가 나오지 못할 수도 있는 것이다.

「[더 선] 런던에 도착한 원지석. 이유는?」

한편 더 선은 영국에 모습을 드러낸 원지석을 발견하며 물음표를 달았다.

사람들은 첼시를 비롯한 런던 클럽의 선수를 영입하는 건가 싶었지만, 사실은 선수 영입과는 전혀 상관이 없는 이야기였다.

원지석은 잡고 있던 캐서린의 손에 힘을 주었다.

그들은 지금 캐서린의 본가, 그러니까 요크 부부의 집에 가고 있었다.

그 이유는.

그녀의 부모님에게 결혼을 알리기 위해서였다.

23 ROUND
겨울의 신부

"이런 날이 올 줄은 몰랐어요."

캐서린이 이전에 있었던 일을 떠올렸다.

아마추어 시절은 고단했다. 하루 일을 끝내면 힘들어서 연애 같은 것은 생각도 못 할 정도로.

업계에 자리를 잡은 뒤에도 바쁜 것은 변하지 않았다. 오히려 전보다 더 바빠질 정도였다.

그러다 늦은 밤 퇴근을 하고, 집의 문을 여는 순간 원지석을 만나게 되었다.

'음, 잘 가요?'

첫눈에 반하는 일은 일어나지 않았다.

그냥 손님이구나, 했을 뿐.

조금씩 달라지는 집안의 분위기를 눈치채는 데에는 그리 오래 걸리지 않았다. 부모님과 앤디가 서로 이야기를 나누는 모습을 자주 볼 수 있었으니까.

막혀 있던 벽을 사이에 두고 이야기하는 것과, 벽을 허물고 얼굴을 마주한다는 것.

작은 차이지만 큰 변화였다.

그녀는 그 벽을 허문 게 원지석이란 걸 깨달았다.

그래서 캐서린은 나름의 보답을 하기로 했다. 그 사람이 뭘 좋아할지를 모르니 그녀가 가장 잘할 수 있는 쪽으로.

'괜찮은 사람이네?'

작은 호감은 지속적인 만남으로 점점 그 덩치를 키웠다. 캐서린은 어느새 그의 경기를 꼬박꼬박 챙겨 보게 되었다.

그렇게 만나기를 얼마나 지났을까.

터지는 불꽃 아래에서 둘은 맺어졌다.

원지석은 이후 굉장히 유명한 감독이 되었다.

그게 꼭 좋은 것만은 아니다. 부모님처럼 축구에 별 관심이 없던 캐서린은 많은 여자들의 추파를 받는 원지석을 보며 불안감과 질투를 느낄 때도 있었다.

이제는 모두 지난 이야기지만.

캐서린은 잡은 손에서 느껴지는 온기에 미소 지었다.

그녀는 그를 믿는다.

마찬가지로 그 역시 그녀를 믿었다.

캐서린이 배시시 웃으며 팔짱을 꼈다.

"들어가요."

집의 문을 연 그녀가 원지석을 잡아끌었다. 정원을 지나 현관문을 여니 음식 냄새를 느낄 수 있었다.

"캐시!"

어머니인 테일러 요크가 환하게 웃으며 딸을 안았다. 그러면서 옆에 있던 원지석에게 인사했다.

"어서 와요. 힘들지 않았나요?"

"아뇨, 괜찮습니다."

"감독님!"

그때 거실에 있던 앤디가 모습을 드러냈다. 겨우 반년 정도일 텐데, 부쩍 성숙해진 분위기가 눈에 띄었다. 그러고 보니 이제 성인이었던가.

"오랜만이구나."

원지석의 말에 앤디가 웃으며 고개를 끄덕였다.

그래도 소년 시절의 앳된 모습은 남아 있는 모양이었다.

"새 감독님은 어때?"

"좋은 분이에요. 열정적이고. 제임스를 쥐 잡듯이 잡긴 하지만."

"다행이네."

첼시는 원지석의 후임으로 안토니오 콘테 감독을 선임했다. 이탈리아 국가대표 지휘봉을 내려놓고 가족과 휴식을 가졌던 그는 이번 시즌을 통해 새로운 도전을 시작하게 되었다.

성적은 나쁘지 않았지만 워낙 경쟁이 치열한 리그였기에 아직 안심할 수는 없는 상황.

콘테 역시 뛰어난 감독이기에 원지석은 그다지 큰 걱정을 하지 않았다.

알렉스 요크와 인사를 하고 이런저런 이야기를 나눌 때에 저녁이 준비되었다.

"거기서 밥은 잘 먹고 있니?"

"응? 응, 솔직히 말하면 너무 잘 먹어서 걱정이야."

고개를 끄덕인 캐서린이 한숨을 쉬었다.

남자 친구가 요리를 잘한다는 것도 어찌 보면 행복한 고민이었다.

동거를 시작한 이후 식사는 둘이 하루하루를 번갈아가며 준비하는 격일제였다. 만약 한 사람이 늦게 퇴근을 한다면 먼저 돌아온 사람이 해주기도 했다.

다만 매일 맛있는 걸 먹다 보니 칼로리를 신경 쓰지 않을 수가 없었다.

'이대로라면 위험하겠는데.'

이미 드레스 사이즈는 맞춰졌는데, 살이 쪄서 들어가지 않는 참사는 피해야 하지 않겠는가.

무심코 뱃살을 한 번 잡은 캐서린이 아직은 괜찮다며 고개를 끄덕였다.

그렇게 식사 자리가 끝나고 후식으로 차를 마실 무렵, 알렉스가 입을 열었다.

"할 이야기가 있지 않니?"

"눈치챘어?"

"시즌 중에 전화도 아니고 직접 런던으로 온다니까. 슬슬 그 말을 꺼낼 때가 됐다 싶었지."

평소 일에만 몰두하던 딸이 연애를 시작하더니 갑자기 동거를 한다며 집을 나갔다. 그러더니 이번에는 독일로 훌쩍 떠났다.

이미 눈치를 챈 부모님을 보며 캐서린이 조금 맥이 풀렸다는 듯 고개를 끄덕였다.

"응, 우리 결혼해."

"이 말썽쟁이를 누가 데려가나 했는데, 축하해!"

테일러가 박수를 치며 좋아했다.

반면 알렉스는 날카로운 눈으로 원지석을 보았다.

캐서린이 자기 앞가림 하나 못 하는 아이도 아니고, 원지석 역시 앤디 때를 보면 알겠지만 괜찮은 사람 같았다.

"가벼운 마음으로 하는 건 아니겠지? 연애와 결혼은 달라."

"아니야."

그녀가 단호히 말했다.

원지석도 그렇고, 캐서린 역시 결혼에 대해 가볍게 생각하지 않았다.

"그러면 됐어. 식은 언제 할 거니?"

"12월 24일에. 잉글랜드에서 할 거야."

12월 24일.

크리스마스이브였다.

딱히 종교를 가지지 않은 둘이었지만, 어쩌다 보니 그때 예약을 잡게 되었다.

여름에 프러포즈를 했다고 해서 바로 식을 올릴 수는 없다.

당시 원지석은 새로운 팀에서 시즌을 준비해야 했고, 그녀역시 겨울에 시간을 내려면 바빴기 때문이다. 어찌 보면 가장바빴던 것은 그녀일 것이다.

이제는 시간적인 여유가 있었기에 예식장의 예약은 끝낸 상황이었다.

"좋겠다. 우리는 가장 바쁠 때인데."

앤디가 부럽다는 시선을 보냈다.

그때 결혼식을 잡은 이유는 간단했다.

분데스리가는 약 한 달 정도의 겨울 휴식기를 가진다. 그랬기에 결혼을 하기에는 최적의 때라 할 수 있었다.

하지만 다른 리그가 겨울 휴식기를 가질 무렵 EPL은 가장 힘겨운 때인 박싱 데이에 돌입한다.

다행히 24일은 첼시의 경기가 없었지만, 그렇다 해도 가장 지칠 때인 것은 변하지 않는다.

"저도 그냥 이적할까요."

"큰일 날 소리. 어디 가서 그런 말 하면 난 이제 런던에 못 온다."

원지석이 손을 내저으며 진저리를 쳤다.

만약 이 대화가 첼시 팬들에게 알려진다면 난리가 날 것이다. 어쩌면 비행기를 타기 전에 봉변을 당할지도.

이런 식으로 흘러간 자리도 슬슬 마지막이 찾아왔다.

떠나는 둘을 배웅하며 요크 부부가 한마디씩 말을 꺼냈다.

"행복하게 해주게."

"싸우지 말고."

"…물론입니다."

고개를 끄덕인 원지석이 인사를 하며 문을 닫았다.

이걸로 런던에서의 볼일은 끝났다.

이제는 이번 시즌에 있어서 가장 중요할 빅 매치를 준비해야만 했다.

바이에른 뮌헨전.

사실상 이번 시즌의 우승을 판가름할 경기 중 하나를.

*   *   *

이번 분데스리가의 우승 경쟁은 사실상 뮌헨과 라이프치히의 경쟁으로 좁혀진 상황이었다.

양 팀 모두 전승 행진을 거두며 승점을 잃지 않는 무시무시한 모습을 보였고, 이는 다가올 경기의 또 다른 기대를 불렀다.

사실상 6점의 승점이 걸린 만큼 최선을 다해 뛸 양 팀의 경기를 고대하면서.

「[키커] 노장의 품격, 바이에른의 상승세를 이끌다」

소방수였던 하인케스는 1년 더 지휘봉을 잡으면서도 흔들리지 않는 모습을 보였다.

만약 라이프치히전까지 승리를 거두게 된다면 하인케스는 17연승이란 기록을 세우게 된다.

이미 트레블을 했던 시즌의 연승 기록을 넘었으며, 단순한 기록만이 아니라 현재 바이에른의 경기력 역시 찬사를 받고 있었다.

특히 윙어인 코망의 퍼포먼스가 눈에 띄었다.

하인케스 아래에서 포텐이 터진 그는 이번 시즌에도 매우 좋은 모습을 보여주며 바이에른의 연승을 이끌었다.

레알 마드리드로부터 완전 영입된 하메스는 중원의 핵심이 되었으며, 최전방의 레반도프스키 역시 날카로운 골감각을 과시했다.

양 팀은 곧 있을 빅 매치를 준비하며 상대 팀을 분석하기 바빴다.

하인케스는 전술적인 변화를 자주 주는 감독이었다. 어떨 때는 4141, 어떨 때는 433, 어떨 때는 4231의 포메이션을 쓰지만 이런 변화는 매우 효과적이었다.

"아마 4231 포메이션이겠지."

원지석은 그런 예측을 하며 전술을 대응했다.

4231에서 두 명의 미드필더는 하메스와 하비 마르티네스일 것이다. 그리고 토마스 뮐러가 공격형미드필더이자 처진 공격수처럼 나올 터였고.

그는 바이에른을 처음 겪는 게 아니다. 이미 몇 번 맞붙은 적이 있었다.

감독대행 시절에는 과르디올라의 바이에른을, 지난 시즌에는 현 감독인 하인케스를 상대했다. 원지석은 그들을 꺾으며 그 위로 나아갔다.

하지만 전적에서 앞선다고 우습게 볼 수는 없다.

과르디올라에게는 첫 경기에서 3 : 0으로 박살 났고, 하인케스는 노련한 감독이다. 이미 지난 경기를 분석하며 나름의 대비를 끝마쳤을 터. 상대방을 아는 건 원지석만이 아니다.

"포르스베리는 어때요?"

"안 돼. 만약 뛴다고 쳐도 경기 후반의 조커가 아니면 너무 위험한 도박이야."

원지석의 물음에 케빈이 고개를 저었다.

며칠 전에 부상에서 회복한 포르스베리는 아직 몸 상태를 끌어올리지 못하고 있었다.

그 말처럼 피지컬 코치들은 그가 뛸 수 있는 시간을 20분 정도로 정했다. 섣부른 선발은 오히려 부상을 부를 수 있기 때문이다.

결국 핵심 선수 없이 이번 시즌에서 가장 중요한 경기를 치러야 하지만, 그나마 다행인 점이 있다면 최근 브루마의 폼이 매우 좋다는 거였다.

브루마가 포르스베리와 자비처를 밀어내지 못하는 이유는 그 기복이었다.

어느 때는 측면을 폭격하면서도 어느 때는 수준 이하의 드리블을 보여줄 때가 있다.

그랬던 브루마가 원지석의 부임 이후부터는 그 기복을 현저히 줄였다. 물론 후반기에는 또 엉망인 폼을 보여줄 수 있다지만.

"브루마보다는 캄플이 낫지 않겠어?"

캄플은 기복이 적은 선수였다. 거기다 측면에서도 뛸 수 있는 플레이메이커였기에 포르스베리의 역할도 가능했다.

경기의 방향을 어떻게 잡느냐에 따라 달라질 라인업이었다.

만약 빠른 속도와 파괴력을 원한다면 브루마, 그게 아니라면 캄플이 나왔다.

"아니면."

원지석은 전술 보드의 최전방에 손을 가져갔다.

최전방에 있던 두 명의 공격수 중 한 명이 떼어졌다.

하메스와 뮐러를 압박하기 위해 꺼내진 폴센이었다. 그는 그랬던 폴센을 치우고 밑에 있던 자비처를 올렸다.

그리고 그 빈자리에는 캄플이.

한 달 전쯤에 있었던 도르트문트와의 경기를 떠올리게 하는 포메이션이었다.

"이것도 나쁘지는 않은데. 다 예상하지 않을까?"

"그러겠죠. 그래도 공격적으로는 최고의 조합이기도 해요."

역습이 아닌 맞불을 놓는 전술.

중요한 건 캄플과 자비처의 호흡이었다.

이 둘이 어떤 시너지를 내느냐에 따라 바이에른의 측면을 부수든지, 아니면 라이프치히의 측면이 붕괴되든지 할 테니까.

그렇게 경기를 준비할 때였다.

「[키커] 바이에른 뮌헨, 원지석은 광대 같은 감독이다」

바이에른을 대표하는 뮐러나 리베리가 원지석을 저격하는 인터뷰를 했다.

원지석이 뛰어난 감독이라고 해도 경기장에서 너무 요란하다는 게 그 요지였다.

사람들은 이 인터뷰를 경기 전 상대 팀의 감독을 흔들기 위한 인터뷰로 보았다. 즉, 바이에른에서도 그들이 할 수 있는 준비를 모두 하는 중이라고 판단한 것이다.

경기 시작 전부터 벌어지는 언론플레이에 기자들은 신나게 키보드를 두들겼다.

싸움은 그라운드에서만 벌어지지 않는다.

전쟁은 이미 시작되었다.

*　　　　*　　　　*

바이에른은 광대를 감독으로 세우지 않는다.

이 광대 발언은 생각보다 그 여파가 크게 퍼졌다.

특히 원지석이 큰 임팩트를 남겼던 잉글랜드에서는 그 발언을 크게 다루며 사람들의 관심을 끌었다.

「[빌트] SNS로 반발하는 라이프치히 선수들!」

라이프치히의 선수들은 그들의 감독이 모욕을 당하자 SNS로 부정적인 반응을 남겼다.

베르나르두나 히메네스는 곧 있을 경기에서 보자는 말을 남겼고, 세리와 브루마는 웃는 이모티콘을 올렸다.

그리고 바이에른으로 떠나고 싶어 했던 티모 베르너는 아무 말도 하지 않았다.

단지 라이프치히의 엠블럼 사진을 올렸을 뿐.

정작 바이에른의 감독인 하인케스는 별다른 말을 하지 않았다는 게 이번 설전의 특이점일 것이다.

이미 은퇴를 한 번 했던 노장인 만큼 괜한 말싸움을 벌이고 싶지는 않은 듯했다.

다만 원지석 역시 반응이 없는 걸 보며 의아해하는 사람이 많았다. 분데스리가에 오면서 호전적인 모습을 보였던 그였기에 더욱더.

선수들끼리의 설전은 결국 바이에른 뮌헨 측에서 해명을 하는 것으로 끝났다.

—난 그런 뜻으로 말한 게 아닌데?

인터뷰의 당사자 중 하나인 토마스 뮐러가 본인의 SNS에 글을 올린 것이다.

그는 자신의 말을 정확히 설명했다.

원지석은 경기장에선 큰 퍼포먼스를 보이고, 인터뷰를 할 때는 호전적인 모습을 보인다.

이런 건 결국 관심이 필요한 스몰 클럽에서나 필요한 행동이다. 그리고 빅 클럽인 바이에른 뮌헨은 그런 짓을 할 필요가 없다는 의미였다.

경기를 앞두고 한 도발이 모욕적인 뜻으로 와전되었다는 건데, 이게 기자들의 의도적인 부풀림인지 혹은 뒷수습을 하기 위한 뮐러의 거짓말인지는 알 수 없다.

어찌 되었든 단순한 리그 우승이 아닌 자존심 때문이라도 질 수 없는 경기가 되었다.

드디어 경기 당일.

한적한 도시인 라이프치히에는 빅 매치를 앞두고 뜨거운 열기가 느껴졌다.

경기장은 이미 사람들로 가득 찼고, 남은 사람들은 길거리에서 라이프치히의 응원가를 부르며 행진하거나 펍에 모여 노래를 불렀다.

그때 바이에른 선수들을 태운 버스가 도착했다.

우우우!

거리에 있던 라이프치히의 서포터들이 길을 지나치는 버스를 보며 야유를 보냈다.

원정 팀의 버스에 야유를 보내는 건 늘 있는 일이지만 오늘은 달랐다. 마치 그들을 잡아먹을 것처럼 매서웠다.

뮐러의 해명에도 이미 적지 않은 라이프치히의 팬들이 반감을 가진 상황이었다.

더욱이 팬들에게 절대적인 지지를 받는 원지석이 이슈의 대상이었기에, 그들의 분위기는 어느 때보다 흉흉했다.

만약 이게 좀 더 험악한, 더비라고 불릴 경기였다면 단순한 야유로 끝나지 않았을 것이다. 잉글랜드에선 버스를 향해 돌덩이나 병을 던졌으니까.

한편 경기장 안에선 선수들이 몸을 풀고 있었다.

오늘의 경기는 라이프치히의 홈인 RB아레나에서 열린다.

홈 서포터들은 또 하나의 선수라 불릴 정도로 경기에 많은 영향을 미친다. 최근의 긴장감을 홈에서 마무리한다는 것도 좋은 요소였다.

와아아!

원! 원! 원!

경기장에 원지석의 모습이 보이자 팬들이 소리를 질렀다.

"후, 인기도 좋다."

"제가 좀 잘생기긴 했죠."

"미친놈."

케빈의 욕지거리를 흘려 넘긴 그가 몸을 푸는 선수들을 보았다. SNS를 통해 보여주었듯 선수들은 승부욕에 불타는 모습을 보여주었다.

그만큼 많은 것을 의미하는 경기였다.

우승 경쟁을, 팀의 위상을.

이번 경기를 이기면 라이프치히는 단독 1위에 오르게 된다. 물론 시즌은 아직 반이나 남았으니 갈 길이 멀지만, 골 득실 차이로 2위인 것보다는 낫지 않겠는가.

거기다 라이프치히를 보는 시선도 달라질 것이다.

지금까지 그들의 평가는 얼마 못 가 꺼질 돌풍이었다. 그 평가를 이번 시즌에서 바꿔야만 한다.

이미 변화는 일어났다.

그 변화는 다름 아닌 라이프치히 선수들이었다.

시간이 지나 들어온 라커 룸.

원지석은 라커 룸에 앉은 선수들을 보며 물었다.

"컨디션은 어때?"

"최고예요."

그 말에 다른 녀석들도 동의한다는 듯 고개를 끄덕였다. 어서 빨리 경기에 나가고 싶다는 듯 물끄러미 시계를 보는 녀석도 있었다.

팀에 막 부임했을 때와는 달랐다.

녀석들은 이제 승리에 굶주려 있었다.

라이프치히는 1부 리그에서의 경험이 지극히 적은 팀이다. 그랬기에 바이에른과의 압도적인 격차에 이 정도면 됐지, 하며 스스로 벽을 만들었다.

원지석은 그런 것들을 뜯어고쳐야만 했다.

그는 항상 자신감이 넘치는 모습을 보였고, 그 말처럼 승리를 거두었다.

이는 선수들의 변화를 이끌었다.

감독의 말을 따르면 승리할 수 있다.

이러한 믿음은 곧 선수단 전체에 전염되었다.

처음에는 미적지근한 반응을 보이던 녀석들도 이제 그의 말이면 무엇이든지 따를 추종자가 되었다.

"가자."

많은 말을 할 필요는 없다.

라커 룸의 문을 열며 원지석이 말했다.

"늙은 왕을 왕좌에서 끌어내려야지."

*　　　*　　　*

　─이번 시즌의 우승을 판가름할 수도 있는 경기가 곧 있으면 시작됩니다.

　─양 팀의 라인업을 먼저 살펴보도록 하죠. 뮌헨은 4231의 포메이션으로 나왔습니다만, 워낙 전술적인 변화를 주는 팀이기에 크게 의미가 있어 보이지는 않습니다.

　─그 상대인 라이프치히는 이번 시즌 베스트 포지션이라 할 수 있는 442를 꺼냈습니다. 다만 약간의 변화가 있네요?

　─네. 측면공격수인 자비처를 최전방으로 올린 뒤 그 자리에 캄플을 두었군요. 선발 가능성이 점쳐졌던 포르스베리는 벤치에 이름을 올렸습니다.

　그 말대로 포르스베리는 벤치에서 경기를 시작하게 되었다.
바이에른의 라인업이 발표되었다.
　포백으로 알라바, 보아텡, 훔멜스, 키미히가.
　중원에는 플레이메이커 하메스와 수비형미드필더인 하비 마르티네스가.
　공격형미드필더 자리에는 토마스 뮐러가 사실상 프리 롤처럼 뛸 것이다.

공격진에는 코망, 레반도프스키, 로벤이 나왔다.

사실상 뮌헨이 꾸릴 수 있는 가장 최고의 라인업이라 할 수 있었다.

공격도 공격이지만 포백의 이름들을 보면 감탄이 나왔다. 그만큼 최고의 선수들이 모인 환상적인 수비진이었다.

센터백 중 하나인 홈멜스는 한때 도르트문트의 자랑스러운 주장이었으나, 이후 라이벌인 바이에른으로 이적 의사를 밝히며 팬들에게 충격을 선사했다.

오른쪽 풀백인 키미히는 라이프치히에서 프로 데뷔를 하고 이후 바이에른으로 이적한 선수였다.

키미히는 필립 람이 은퇴하며 자연스레 주전 자리를 잡게 되었고, 이제는 그 공백이 느껴지지 않을 정도로 좋은 폼을 보여주었다.

이런 수비진을 뚫기 위해 라이프치히는 442의 포메이션을 꺼냈다.

포백에는 할슈텐베르크, 오르반, 히메네스, 베르나르두가.

미드필더진에는 브루마, 세리, 뎀메, 캄플이.

공격진에는 베르너와 자비처가 섰다.

삐이익!

경기가 시작되었다.

선축은 라이프치히였다.

공을 잡은 세리가 천천히 전진하며 다른 선수들이 침투할 시간을 주었다.

뮐러와 코망이 압박을 하는 순간부터 본격적인 경기가 시작되었다. 세리는 뒤에 있던 뎀메에게 공을 보냈고, 뎀메는 다시 앞쪽에 있는 캄플에게 패스했다.

캄플이 드리블을 하는 것과 동시에 세리는 가까이, 자비처는 더 멀리 떨어지며 그를 향한 압박을 분산시켰다.

세리와 원투 패스를 주고받으며 앞으로 나아가던 그는 자비처가 수비 사이를 침투하는 것을 보며 그대로 공을 찔렀다.

―알라바와 보아텡이 그 앞을 커버합니다!

순식간에 각도를 좁히는 두 명을 보며 자비처가 쯧 하고 혀를 찼다.

결국 뒤로 돌려진 공을 다시 캄플이 잡았다.

이런 지공 상황에서는 순간적인 번뜩임이 필요하다.

그는 보아텡이 아직 자비처를 막는 사이 스루패스로 세리에게 공을 보냈다. 그러면서 측면을 향해 달렸다.

세리가 높이 띄운 공이 수비수들의 키를 넘기며 다시 캄플에게 도착했다.

어느새 측면을 깊숙이 돌파한 그가 빈 곳을 찾아 고개를 돌렸다. 자비처의 백패스부터 순식간에 세 명의 선수가 서로의 빌드 업을 도와준 것이다.

자비처는 수비 라인을 따라 달리는 중이었고, 베르너는 헤딩 경합을 위해 홈멜스와 자리싸움을 하고 있었다.

캄플의 선택은 자비처였다.

바깥쪽으로 휘는 아웃프런트 패스가 수비수들을 피하며 자비처에게 향했다.

그 공을 본 자비처가 순식간에 옆으로 빠지며 슈팅 각도를 잡았다.

레알 마드리드의 호날두를 떠올리게 하는 침투와 간결하지만 강력한 슈팅은 그의 특징이었다.

쾅!

왼발로 찬 공이 낮게 깔리며 골문 구석으로 쏘아졌다.

─아아! 홈멜스가 다리를 뻗어 막았습니다!

하지만 그 공은 몸을 날린 홈멜스의 환상적인 수비로 인해 막히고 말았다.

라이프치히 홈 팬들의 아쉬운 탄성이 들릴 정도로 환상적인 연계와 슈팅이었고, 엄청난 수비였다.

―비록 골은 들어가지 않았지만 세 명이 방금 보여준 연계는 매우 좋지 않았습니까?

―그러네요. 자비처의 백패스부터 다시 자비처의 슈팅까지. 경기 시작부터 날카로운 모습을 보여주는 라이프치히입니다.

라이프치히의 코너킥을 노이어가 잡아내며 바이에른 뮌헨의 역습이 시작되었다.

역습의 시작은 키미히였다.

키미히는 수비력도 수비력이지만 공격에서도 아주 좋은 퍼포먼스를 보여주는 선수다.

오죽하면 팬들은 그에게 공격력이 탑재된 필립 람이라는 극찬을 할 정도였다.

그런 그가 측면을 달리다 긴 크로스를 날렸다.

그 롱패스를 받은 사람은 코망이었다.

지난 시즌부터 포텐이 터진 윙어. 그런 그가 공을 잡자 라이프치히 선수들이 눈빛을 바꾸며 자리를 잡았다.

뎀메와 캄플이 공간 수비를 하며 그를 압박했다. 두 명 모두 활동량이 좋은 선수라 따돌리기는 쉽지 않을 것이다.

'뚫어?'

최근 부쩍 자신감이 붙은 코망이었기에 그런 생각을 할 때였다. 뎀메를 피하며 손을 드는 동료가 있었다.

하메스 로드리게스.

바이에른 뮌헨에서 부활한 플레이메이커.

그라면 확실히 믿을 만한 동료였기에 코망이 날카로운 패스를 찔렀다.

―공을 잡은 하메스가 달립니다! 그에 맞춰 바이에른의 선수들도 위치를 바꾸고 있어요!

플레이메이커인 하메스의 움직임에 맞춰 바이에른 뮌헨의 공격진들이 제각각 다른 곳을 향해 달렸다.

그때 하메스가 공을 톡 찍어 차며 센터백을 넘기는 로빙 스루패스를 보냈다.

"뭐야, 왜 날리는……."

멀리 날아가는 공을 보며 오르반이 이상하다는 듯 얼굴을 구겼다. 그러던 그의 눈이 크게 떠졌다.

언제부터 있었는지.

그 공을 향해 달리고 있는 토마스 뮐러가 보였기 때문이다.

―뮐러! 뮐러가 공을 잡습니다! 다른 센터백들이 막기엔 늦

어요!

몸을 한번 접으며 슈팅 각도를 만들어낸 뮐러가 그대로 슛을 쏘았다.

라이프치히 팬들이 차마 보지 못하겠다는 듯 눈을 질끈 감았다. 그리고 텅 하는 소리에 슬며시 눈을 떴다.

뮐러의 슈팅이 골대를 맞으며 튕긴 것이다.

—아아아! 뮐러가 이걸 놓칩니다! 차마 얼굴을 들지 못하는 토마스 뮐러!

마찬가지로 바이에른의 선수들이 아쉬워하는 사이 튕겨진 공을 받은 사람이 있었다. 라이프치히의 오른쪽 풀백인 베르나르두였다.

그는 높이 올려진 바이에른의 라인을 보며 이 순간이 기회라는 걸 깨달았다.

동시에 세리와 눈을 마주친 그가 본능적으로 공을 넘겼고, 세리는 패스를 줄 곳을 보지도 않으며 원터치 패스를 강하게 때렸다.

"어?"

그것을 한 박자 늦게 깨달은 바이에른의 수비진들이 눈을 크게 떴다.

"달려!"

원지석의 소리와 함께 넓은 뒤 공간을 질주하는 선수.

그는 이번 여름 동안 바이에른 뮌헨과 짙은 링크가 떴던 티모 베르너였다.

—티모 베르너가 달립니다! 아무도 없어요!

—결국 노이어가 골문을 비우고 뛰어옵니다! 아아아! 노이어를 제치는 티모 베르너어어!!

스위퍼 키퍼라 불리는 노이어는 경기장의 반을 커버한다는 소릴 들을 정도로 수비 범위가 넓은 선수였다.

그는 수비진이 뚫릴 때 종종 앞으로 뛰어나가며 공을 뺏어 내 팀을 구한 적이 몇 번이나 있었다.

하지만 이번엔 상대가 좋지 못했다.

티모 베르너는 빠른 발로 수비진을 침투하고, 골키퍼를 따돌리는 공격수다.

공을 길게 차며 노이어를 따돌린 그가 빈 골대를 향해 슛을 날렸다.

데구르르 구르는 공은 골라인을 넘으며 골 망을 작게 흔들었다.

와아아아!!

티모! 티모! 티모!

베르너가 자신의 이름을 연호하는 팬들을 향해 달려갔다. 그는 셀레브레이션으로 자신의 왼쪽 가슴을 두들겼다.

유니폼의 왼쪽 가슴.

거기에는 라이프치히의 엠블럼이 있었다.

* * *

—엠블럼에 키스하는 티모 베르너! 관중들이 숨이 넘어갈 듯 기뻐합니다!

엠블럼에 입을 맞추는 베르너를 보며 관중들의 함성 소리가 더욱 커졌다.

그 셀레브레이션은 많은 것을 의미했다.

이번 여름 이적 시장 동안 그는 바이에른과 지속적으로 링크가 되었다.

거기다 선수 본인이 떠나고 싶다는 의지를 드러냈기에 붙잡는 것은 사실상 불가능해 보였다.

비록 원지석의 강한 반대로 이적이 무산되었어도, 팬들은 좀처럼 불안한 마음을 떨치지 못했다.

팀에 마음이 떠난 이상 이러한 상황은 몇 번이고 일어날 수 있기 때문이다.

그랬던 선수가 그들의 앞에서 엠블럼에 입을 맞추었다.

이런 행동은 팀에게 충성한다는 의미가 담겼다.

그것도 이적을 원했던 바이에른에게 골을 넣고 보여준 행동이기에 더욱 각별한 셀레브레이션이었다.

다시 경기가 시작되었다.

뮌헨은 골을 먹는다고 사기가 꺾일 팀이 아니다. 오히려 더욱 불타오르며 사기를 불태웠다. 이러한 반격에 라이프치히는 꽤 고전하는 모습을 보였다.

특히 가장 성가신 것은 최전방 스트라이커인 레반도프스키가 아닌 토마스 뮐러였다.

안첼로티 체제에선 극심한 부진을 겪던 그는 하인케스 아래에서 극적인 반전을 이루었다.

이번 시즌에는 전성기의 퍼포먼스를 회복하며 많은 골을 넣었다. 화려함은 없지만 매우 실용적인 그의 플레이는 최고의 효율을 뽑아낸다며 극찬을 받았다.

그런 플레이상 뮐러의 포지션은 사실상 프리 롤에 가까웠다.

골을 넣을 때는 처진 공격수에 가깝지만, 최전방에서 멈추지 않고 중앙과 측면을 넘나들며 활약한다.

이러한 플레이에 사람들이 붙여준 별명.

라움도이터(Raumdeuter).

공간 연주자라는 뜻이었다.

이번에는 측면에서 나타난 그가 하메스의 패스를 받아내며 동료들을 살폈다. 수비 라인을 타고 올라가는 로벤의 모습이 보였다.

―밀러의 패스를 받는 로벤! 빨라요!

―항상 변하지 않는 플레이인데도 수비수들이 애를 먹네요!

공을 받은 로벤이 빠르게 달렸다.

그의 플레이는 매번 거의 같다고 보면 좋았다.

수비 라인을 따라 달리고, 그대로 슛을 해서 골을 넣는다. 이 반복된 플레이가 유명세를 탄 이후에도 그는 자신의 스타일을 바꾸지 않았다.

그것밖에 할 줄 아는 게 없어서?

아니.

그것만으로 충분했기 때문이다.

일명 매크로라고 불리는, 알고도 막지 못하는 플레이.

클래스가 다른 매크로는 언제나 통한다.

그는 그것을 깨닫게 해주는 드리블러였다.

라이프치히의 수비진 역시 로벤의 플레이를 예상하고 있었기에 미리 자리를 잡았다.

다른 선수들도 수비에 가담하는 편이 더 좋겠지만, 뮐러를 비롯한 다른 선수들을 자유롭게 두어서는 안 됐다.

오르반과 눈치 싸움을 하던 로벤이 상체를 움찔거렸다.

그러면서 페널티박스 안을 향해 들어갈 모션을 취했지만, 이 라이프치히의 주장은 쉽게 넘어가지 않았다.

'쯧.'

혀를 찬 로벤이 다시 몸을 뒤로 빼며 슈팅 각도를 잡았다. 그제야 오르반이 공을 뺏기 위해 발을 뻗었다.

—오르반의 발을 맞고 공이 아웃됩니다!

슈팅을 끊어내며 바이에른 뮌헨의 코너킥이 선언되었다. 코너 키커로는 키미히가 나섰다. 풀백이지만 굉장한 크로스를 가진 선수였기에 이상한 선택은 아니다.

모두 헤딩을 준비하는 사이, 키미히는 크로스가 아닌 짧은 패스를 찔렀다.

그 공을 받은 사람은 로벤이었다.

그가 다시 한번 매크로를 시도한 것이다.

―다시 한번 수비 라인을 따라 달리는 로벤! 다른 선수들이 쫓아가려 해도 너무 빠릅니다!

　로벤은 폭발적인 스피드로 수비를 따돌리는 드리블러였다. 그런 그가 라이프치히의 압박을 벗어나고선 제대로 된 슈팅을 때렸다.
　쾅!
　골문 구석을 향해 쏘아지던 공은 끝내 안쪽으로 휘지 않으며 골문 밖으로 벗어났다.
　아니, 벗어나고 있었다.
　갑자기 튀어나온 뮐러가 헤딩을 하기 전까지는.

　―뮐러어어!

　굴라치 골키퍼가 뒤늦게 몸을 던졌지만 공은 이미 골라인을 넘은 뒤였다.

　―동점골을 뽑아내는 토마스 뮐러! 하지만 라이프치히 선수들이 오프사이드가 아니냐며 부심에게 항의합니다!

그러한 항의에 부심은 단호하게 오프사이드가 아니라며 고개를 저었다.

곧 리플레이로 뮐러의 골 장면이 나오자 중계진들이 감탄을 토했다.

─아, 정확히 수비 라인과 겹쳤습니다!

─로벤의 슈팅과 함께 공을 보고 뛰어갔네요. 역시 골 냄새 하나는 기가 막히게 맡는 선수군요.

오히려 정확히 본 부심을 칭찬해야 될 상황이었다. 화면은 뮐러의 밋밋한 셀레브레이션을 잡아주다 원지석으로 바뀌었다.

"아오, 미친!"

원지석이 고개를 들며 탄식했다.

지금 같은 장면을 막기 위해 훈련장에서 얼마나 많은 땀을 흘렸던가. 알고도 못 막는다는 말이 딱 저 골일 것이다.

어찌 되었든 이제 동점이다.

서로 무승부로는 만족할 수 없는 처지였다.

양 팀 모두 역습과 역습을 반복하며 위험한 장면을 만들었다. 그러다 결정적인 장면을 잡은 팀이 있었다.

다시 한번 바이에른 뮌헨이 주도권을 잡은 것이다.

캄플을 따돌린 코망이 측면을 뚫었다.

개인기로 베르나르두마저 제친 그가 그대로 페널티에어리어를 침입했다.

수비력이 좋은 히메네스가 그 앞을 커버하며 막았다. 뒤로는 베르나르두가 쫓아오고 있기에 빠른 선택이 필요한 상황.

─코망이 다시 한번 드리블로 라인 근처까지 빠집니다!

라인 근처까지 공을 굴린 코망이 동료들을 살폈다. 여기까지 온 이상 오프사이드트랩은 의미가 없다.

그때 페널티에어리어 밖에 있던 레반도프스키가 손을 들며 침투했다. 코망이 패스를 한 것도 동시였다.

그런 패스는 예상했다는 듯 히메네스가 몸을 돌리며 슈팅 각도를 내주지 않았다. 하지만 레반도프스키는 슈팅 대신 다시 한번 공을 흘렸다.

빈 공간을 향해 흘러가는 스루패스.

이번에도 그 자리에 나타난 것은 뮐러였다.

맨 처음의 실수를 만회하겠다는 듯 그는 골문 구석을 향해 강렬한 슈팅을 쏘았다.

오르반의 다리 사이를 통과하며 골키퍼의 시야를 가린 슈팅은, 뒤늦게 몸을 던진 굴라치의 손끝을 스치며 골 망을 출렁였다.

—또 골을 넣는 토마스 뮐러! 이로써 역전에 성공하는 바이에른 뮌헨!

—정말 뮐러다운 모습으로 넣은 골이었습니다.

결국 뮐러의 골로 전반전이 끝났다.

라커 룸은 조용했다.

원지석은 그들에게 후반전에서 해야 할 플레이를 주문했을 뿐, 딱히 멘탈의 자극을 주지 않았다.

"잘하고 있어. 방금 그 골들은 누가 와도 못 막았을 거다."

수비진들의 부담감을 덜어준 그가 이어서 포르스베리를 보았다.

"너는 70분에서 80분 사이에 투입될 거야."

브루마와 교체될지 캄플과 교체될지는 아직 모르는 일이었다. 어쩌면 수비수와 교체될 수도 있었고.

"지금처럼만 하면 돼. 그럼 결과는 알아서 따라올 테니까."

선수들이 고개를 끄덕였다.

그들의 감독은 거짓말을 하지 않는다.

그렇기에 그 말을 믿고 뛸 것이다.

후반전이 시작되었다.

라이프치히의 홈 팬들은 전반보다 더욱 뜨거운 응원을 보내며 선수들의 사기를 북돋았다.

황소는 멈추지 않는다!

크게 걸린 걸개에 적힌 말처럼 그들은 쉬지 않고 소리쳤다.

역전에 성공한 바이에른 뮌헨은 무리한 공격보다 안정적인 빌드 업을 통해 기회를 엿보았다.

앞서고 있는 상황에 굳이 무리하며 틈을 보일 필요는 없다. 그런 안정적인 경기 운영에 중계진마저 감탄할 정도였다.

―하메스는 오늘 예술적인 패스로 중원을 지배하고 있군요.

그 중심에는 하메스 로드리게스가 있었다.

본래 공격형미드필더였던 그는 하인케스 체제에선 중앙미드필더로 내려가며 부활에 성공했다.

그리고 지금은 바이에른 뮌헨의 핵심 플레이메이커가 되었다. 오늘도 양질의 패스를 뿌리며 매우 좋은 퍼포먼스를 보여주는 중이고.

―후반전부터 바이에른 뮌헨의 포메이션이 433으로 바뀐 거 같군요.

그 말처럼 뮐러가 최전방보다는 중원 싸움에 가담하니 4231에서 433의 포메이션으로 바뀌는 모양새가 되었다.

하지만 언제까지나 공을 돌릴 수는 없다.

바이에른도 공격을 시도했고, 레반도프스키의 슈팅을 굴라치가 잡아내며 다시 한번 라이프치히의 역습이 시작되었다.

굴라치의 롱패스가 브루마에게 닿았다.

전반전에서 키미히에게 고전하던 브루마는 이번엔 길게 공을 차고 달리며 측면 돌파에 성공했다.

그대로 페널티박스까지 침투하려던 브루마의 눈이 크게 떠졌다.

골문에 있던 노이어의 모습이 점점 가까워졌기 때문이다. 그가 이쪽을 향해 달려오고 있었다.

"이 미친놈이 또!"

브루마는 베르너가 했던 것처럼 골키퍼를 따돌리려 했지만 그것도 쉬운 일이 아니다.

어느새 뮌헨의 수비진이 지역 수비를 하며 각도를 좁혔고, 그사이에 노이어가 슬라이딩태클을 하며 공을 커트했기 때문이다.

―흐르는 공을 하비 마르티네스가 소유합니다!

다시 한번 뮌헨의 공격이 시작되려는 순간, 하비 마르티네스의 공을 뺏는 사람이 있었다.

수비형미드필더인 디에고 뎀메였다.

많은 활동량을 통해 안정적인 수비를 하는 그가 뒤에서 공을 빼앗은 것이다.

뎀메는 넘어지면서도 공을 빼내며 세리에게 패스했다.

이미 노이어는 골문으로 복귀를 했기에 바로 슈팅을 때리기는 무리인 상황. 그때 세리의 눈에 수비진 사이를 침투하는 자비처의 모습이 보였다.

세리는 망설이지 않고 강한 힘이 담긴 스루패스를 찔렀다.

수비 라인을 허문 자비처가 슈팅을 날렸다. 과감하게 노이어의 다리 사이를 스친 공은 그대로 골 망을 흔들었다.

─고오올! 자비처가 골을 만듭니다! 다시 한번 동점을 만드는 라이프치히!

─뎀메의 태클도 좋았지만 한 번의 패스로 오프사이드를 뚫은 세리의 어시스트도 예술이었습니다! 이걸로 두 번째 어시스트를 기록하는 장 미카엘 세리!

자비처가 빠른 경기를 위해 공을 가져가려 했지만, 공을 잡은 노이어가 공을 뒤로 숨기며 시간을 끌었다.

"뭐야, 빨리 내놔. 새끼야."

"가져가 보든가."

골대 뒤로 던져지는 공을 보며 자비처가 눈살을 찌푸렸지만, 도발에 어울려 줄 생각은 없다. 그 시간에 빨리 공격을 이어가는 게 나았으니까.

공을 주운 자비처가 카메라를 향해 자신의 왼쪽 가슴을 두드렸다. 역시나 라이프치히의 엠블럼이 있는 자리였다.

경기가 다시 시작되었다.

이제는 여유가 없는 상황.

두 팀은 다시 공격적으로 엎치락뒤치락 엉키며 승점 1점이 아닌 3점을 가져가기 위해 다투었다.

"좀 더 압박해!"

터치라인의 원지석 역시 계속해서 선수들을 격려했고, 때로는 소리를 지르며 정신을 차리게 했다.

경기는 어느덧 78분.

키미히의 파울로 라이프치히가 프리킥 찬스를 얻었다.

그때 라이프치히에서 선수교체를 알렸다.

터치라인에서 기다리는 그를 보며 관중들이 함성을 질렀다.

에밀! 에밀! 에밀!

한 달가량을 쉰 포르스베리가 드디어 교체를 통해 복귀하는 것이다.

아웃되는 브루마와 하이 파이브를 하며 포르스베리가 경기
장에 들어갔다.

—아, 포르스베리가 바로 프리킥을 차나요?

—자비처와 포르스베리 둘이 키커 자리에 섰습니다.

사람들은 이제 막 경기장에 들어온 포르스베리보다는 자비
처가 공을 찰 거라 생각했다. 포르스베리가 먼저 달리기 시작
한 것도 페이크라 생각하는 사람도 있었다.

쾅!

하지만 포르스베리는 본인이 직접 프리킥을 때렸다.

공은 벽을 세운 뮌헨의 수비진의 위로 넘어가지 않았다. 그
들의 발밑 아래로 지나가며 골문을 향해 휘어져 들어갔으니
까.

와아아아!!

순간 무슨 일이 벌어진지 모른 것은 노이어만이 아니었다.
라이프치히의 팬들 역시 한 박자 늦게 환호하며 경기장을 출
렁일 정도였다.

3 : 2.

라이프치히가 기어코 역전을 만든 것이다.

남은 시간은 많지 않다.

라인을 높게 올린 뮌헨이 공격을 퍼부었지만, 이제는 반대로 라이프치히가 경기를 여유롭게 풀어가며 시간을 끌었다.

마지막 코너킥 찬스에서는 노이어마저 세트피스 공격에 가담할 정도였다. 그럼에도 골은 들어가지 않았고, 아까의 복수를 하려는 것처럼 굴라치 골키퍼가 느릿느릿 골킥을 찼다.

삐이익!

마침내 경기가 끝났다.

와아아아!!

팬들의 환호를 뒤로하고 양 팀의 감독인 하인케스와 원지석이 악수를 나누었다.

"또 졌군."

쓴웃음을 짓는 노인을 보며 당돌한 애송이가 말했다.

"후반기에도 이길 겁니다."

그 말에 하인케스가 웃음을 터뜨리며 원지석의 등을 두드렸다.

「[키커] 라이프치히, 전반기의 정상을 차지하다」

분데스리가 전반기 1위 팀.

RB 라이프치히.

「[빌트] 원지석, 전반기 최고의 승리」
「[키커] 하인케스, 정말 아쉬운 경기였다」

치열했던 경기인 만큼 그 온도 차는 명확했다.

승장인 원지석은 만족감을, 패장인 하인케스는 아쉬움을 드러내며 아직 우승 경쟁은 끝나지 않았다는 말을 남겼다.

그 말대로 아직 시즌은 반이나 남은 만큼 또 무슨 일이 일어날지 몰랐다.

어찌 되었든 의미가 큰 경기였다.

경기의 최우수선수로는 라이프치히의 중원에서 큰 활약을 보이고, 두 개의 어시스트를 기록한 장 미카엘 세리가 뽑히며 최고 평점인 1점을 받았다.

독일 축구 최고의 언론으로 꼽히는 키커의 평점 방식은 좋은 활약을 한 선수일수록 그 점수가 낮았다.

1점을 받은 선수는 세리만이 아니다.

바이에른 뮌헨의 뮐러 역시 1점을 받으며 그 활약을 인정받았다.

경기 최우수선수로 뽑힌 세리는 기자들과의 인터뷰에서 오늘 승리에 대한 기쁨을 드러냈다.

"팀은 하나가 되었고, 이는 매우 중요한 거죠. 저희는 감독님을 믿어요. 거기다 홈 팬들의 응원은 환상적이었어요. 이런 경기의 최우수선수로 뽑힌 게 자랑스럽네요."

몇 개의 질문을 끝으로 세리의 인터뷰가 끝났다.

옆에서 지켜보던 원지석은 그런 세리의 등을 두드려 준 뒤 본인의 인터뷰를 시작했다.

"부상에서 돌아온 포르스베리는 오늘 투입과 동시에 승리를 결정짓는 골을 넣었습니다. 이에 대해 하실 말씀은?"

"굉장히 기쁘네요. 그래도 선발로 나오기에는 아직 이릅니다."

그리 오래 걸릴 거라 생각진 않지만, 적어도 몸 상태를 끌어올려야 선발 명단에 이름을 올릴 수 있을 것이다.

포르스베리의 빈자리는 컸다.

그러니 남은 시즌 동안 제발 부상 없이 갔으면 좋겠다는 생각이 간절했다.

"오늘 경기가 있기 전에 논란이 되었던 일을 생각하면, 이번 승리가 더욱 통쾌하실 텐데요?

한 기자의 물음에 원지석이 쓴웃음을 지었다.

논란이 되었던 일.

광대 발언을 말하는 거였다.

"승리는 기쁘지만 그 발언과는 관련이 없어요. 광대 발언은, 뭐. 나중에 자서전을 쓸 일이 있다면 그때 풀도록 하죠."

구렁이 담 넘듯 넘어가는 대답에 기자들이 웃음을 터뜨렸다.

"이제 곧 윈터 브레이크인데 뭘 하실 생각입니까?"

윈터 브레이크는 겨울 휴식기를 뜻했다. 이번 경기를 끝으로 전반기를 마친 분데스리가는 약 한 달간의 휴식기를 가지게 된다.

박싱 데이가 찾아오면 항상 불만을 토했던 그였기에 정말 반가운 휴식기였다.

"글쎄요. 뭐, 우선은 내일 있을 발롱도르 시상식부터 볼까요?"

그 말에 기자들이 눈을 번뜩였다.

발롱도르.

축구선수가 개인으로서 받을 수 있는 최고의 영예.

FIFA 올해의 선수와 합쳐졌을 때엔 인기투표라는 비판을 받았지만, 다시 분리된 지금은 기자들의 투표로 선정되는 만큼 누가 받을지 의견이 분분했다.

가장 유력한 선수로는 두 명이 꼽혔다.

제임스 파커.

그리고 리오넬 메시.

악마의 재능과 오랫동안 신계로 군림한 자의 경합으로.

제임스는 지난 시즌 역사적인 트레블의 중심이었던 선수였다. 데뷔 시즌임에도 팀의 핵심이 되어 EPL과 챔피언스리그를 가리지 않고 활약했다.

반면 메시는 리그에선 좋은 활약을 보였다지만 챔피언스리그에선 아니었다.

그런 그가 발롱도르 후보로 꼽히는 이유는 하나의 변수 때문이다.

월드컵.

그는 이번 여름에 있었던 월드컵에서 최고의 활약을 보였다.

특히 잉글랜드를 상대로 결승골을 넣으며 아르헨티나를 이끈 메시였기에 의견이 엇갈리는 상황.

"감독님은 누가 발롱도르를 받을 거라 생각하십니까?"

"저는 제임스를 지지합니다. 다만 수상하지 못한다고 해도 올해 녀석이 보여준 활약이 저평가되지는 않을 거예요."

원지석은 자신의 제자였던 제임스를 지지하며 인터뷰를 마무리 지었다.

자세한 결과는 내일 알게 될 것이다.

*   *   *

「[오피셜] 리오넬 메시, 여섯 번째 발롱도르를 차지하다」

결국 발롱도르는 메시의 손에 들어갔다.

다만 이러한 수상을 납득하지 못하는 사람들도 있었다.

아무리 월드컵에서의 활약이 중요하다 해도, 제임스가 그 상을 받는 게 옳다는 논란이 터진 것이다.

「[BBC] 제임스를 둘러싼 발롱도르 논란」

이러한 불만은 잉글랜드에서 가장 크게 나왔다. 오랫동안 발롱도르와 인연이 없었던 잉글랜드였기에 더욱 아쉬웠을지도 모른다.

「[더 선] 휴식기를 맞아 잉글랜드로 돌아온 원지석!」

기사에는 공항에서 나오는 원지석의 모습이 찍혀 있었다.

지난번과 마찬가지로 사람들은 그 이유를 찾았다.

새로운 선수를 영입하기 위해 왔다느니, 아예 EPL로 복귀할 거라며 소설을 쓰는 언론마저 있었다.

그중 사람들이 추측한 것은 선수 영입에 관한 루머였다. 특히 곧 겨울 이적 시장이 열리기 때문에 꽤나 그럴듯해 보이는 루머였다.

「[메트로] 제임스와 앤디를 영입하려는 원지석!」

아예 본인이 발굴한 제임스와 앤디를 노린다는 기사가 쏟아지자 팬들의 SNS는 혼란에 빠졌다.

—설마? 설마??

—나 원의 집 주소를 알아보고 있어.

—집 주소는 왜, 미친놈아!

—BBC나 맷 로가 컨펌하지 않는 이상 모르는 거야. 평소 메트로 기사는 잘만 비웃더니 오늘은 왜 이래?

이러한 상황에 팬들의 불안감을 종식시키는 기사가 나왔다.

그 기사를 낸 언론이 사생활에서만큼은 매우 높은 공신력을 자랑하는 더 선이었기에 더욱더.

「[더 선] 원, 결혼에 골인하다!」

「[더 선] 혼인식을 위해 성을 빌린 원지석!」

결국 더 선이 알아낸 것이다.

기사에는 원지석의 사진과 함께 성의 모습이 올려져 있었다. 강을 낀 아름다운 성이었다.

처음에는 런던의 예식장을 알아보았지만 혼잡한 상황을 우려해 차라리 한적한 장소를 택했다.

그리고 지금은 쓰지 않는 성을 빌리며 예식장으로 꾸몄다. 여기에는 캐서린의 동료들이 많은 힘을 내었다.

―뭐야, 괜히 놀랐잖아!
―이런 거면 차라리 말을 해주지.
―결혼 축하해요!

결혼을 위해 잉글랜드에 왔다는 사실이 알려지며 사람들의 반응도 바뀌었다.

그리고 시간이 지나.

크리스마스이브가 되었다.

한적한 곳에 위치한 성임에도 많은 사람들이 그곳을 찾았다. 기자들은 안에 들어오지 못하고 성 밖에서 대기했지만, 초대된 손님 역시 굉장했다.

우선 휴가를 떠났던 라이프치히 선수들이 모두 찾아왔다.

선수들만이 아니라 케빈을 비롯한 스태프진들 역시 모두 얼굴을 보였다.

"아니, 구단에서 정장 준 거 어떻게 했어요?"

"정장은 답답해서 싫어."

케빈이 그렇게 말하며 음식을 우물거렸다. 그런 그를 보며 다른 코치진들이 한숨을 쉬었다.

"오랜만이네요!"

그때 첼시의 코치진들이 알은체를 하며 다가왔다.

케빈이야 워낙 괴짜라 친한 이가 없었지만, 라이프치히로 간 코치진 중에는 첼시에서 오래 일한 사람도 있었기 때문이다.

뒤를 이어 첼시 선수들이 얼굴을 보였다.

특히 첼시의 레전드들이 모인 게 사람들의 주목을 끌었다. 멀리 있는 기자들은 줌을 당기며 그들의 모습을 찍었다.

원지석의 팀에서 뛰었던 존 테리를 제외하더라도, 그가 코치 시절 인연을 맺었던 드록바나 램파드, 체흐와 콜 같은 선수들도 모두 모습을 보였다.

그들만이 아니라 에시앙이나 발락, 페헤이라 같은 선수도 모두 자리를 찾았다.

"시간 참 빠르군."

파울루 페헤이라가 웃음을 터뜨렸다.

포르투 시절부터 인연을 맺은 그는 어린 원지석을 기억하는 몇 안 되는 사람들 중 하나였다.

"감독님의 어린 시절은 어땠나요?"

"독종이었지. 그때는 진짜 살벌했는데."

첼시의 유소년 선수들이 페헤이라를 보며 눈을 빛냈다. 마치 할아버지가 이야기보따리를 푸는 걸 기다리는 아이들처럼.

"무슨 이야기를 하고 있어요?"

"원 감독님!"

"결혼 축하해요!"

검은색 턱시도를 입은 원지석이 나타나자 사람들이 웃으며 새신랑을 반겼다.

"이러니 루머가 사라지질 않지."

"거짓말은 아니잖아?"

고개를 끄덕이며 동의하는 전 첼시 선수들을 보며 원지석이 한숨을 쉬었다.

그는 방금 웨인 브릿지를 만나고 오는 길이었다.

웨인 브릿지는 그가 첼시에서 적응할 수 있도록 도와준 사람 중 하나였다.

다만 불륜 사건의 앙금이 아직까지 풀리지 않았기에 이곳에 들어오지 않고 밖에서 따로 축하를 해주었다.

피해자는 그였기에 그냥 있으라 해도 브릿지는 고개를 저었다. 그는 꼭 행복해야 한다는 말을 남기며 떠났다.

사람들과 인사를 나눈 그는 자신이 지도했던 현역 첼시 선수들을 마주했다.

아자르나 캉테, 이니고 마르티네스, 시디베를 비롯해 첼시 선수들과 포옹을 한 그가 남은 녀석들을 보았다.

앤디와 킴.

그리고 제임스와 라이언.

일명 원지석의 아이들이라 불리는 녀석들이 구석에 모여서 원지석을 보고 있었다.

"잘 지냈냐."

"뭐 그럭저럭."

볼을 붉적인 킴이 고개를 끄덕였다.

많이 뛰는 선수를 싫어하는 감독은 없다. 콘테 역시 묵묵히 할 일을 수행하는 킴을 아꼈다.

"라이언도 잘 지낸다!"

라이언이 가슴을 퉁퉁 치며 고개를 끄덕였다.

콘테 체제에서는 주전 왼쪽 풀백 자리를 차지했고, 전술에 따라 최전방에 서는 라이언이었다.

"살려줘."

반대로 제임스는 홀쭉한 얼굴로 중얼거렸다.

워낙 게으른 녀석이다 보니 콘테가 혹독한 관리를 통해 폼을 유지시킨다는 말은 들었다.

옆에 있던 제시가 부끄러운 듯 한숨을 쉬었다.

제임스와 제시는 아직까지 결혼을 하지 않고 있었다. 요즘에는 그다지 이상한 일은 아니지만.

"아브."

그때 제시의 품에 안겨 있던 엠마가 원지석을 향해 손을 뻗었다. 제임스와 제시의 딸인 엠마는 건강하게 자라 최근에는 걸음마를 뗀 듯했다.

"귀여운 아이네."

"당연하죠."

제임스는 고개를 끄덕이며 긍정했다.

영락없는 팔불출의 모습이었다.

"발롱도르 못 딴 건 아쉽겠다."

"뭐 어때요. 그런 거 없어도 축구만 잘하면 되지."

"그 말이 맞긴 해."

원지석이 피식 웃으며 제임스의 등을 두드렸다. 다행히 멘탈에 큰 충격을 받진 않은 모양이었다.

성 안은 원지석의 사람들이 아닌 캐서린의 손님들도 자주 볼 수 있었다. 미용사인 쉐릴이나, 그녀의 동료들이나, 그녀가 전담하는 모델들이라거나.

특히 유명 스타들인 요크 부부가 모습을 드러낼 땐 사람들이 술렁일 정도였다.

"원!"

그때 자신을 부르는 소리에 원지석이 고개를 돌렸다. 그리고 자신을 향해 손을 흔드는 사람을 보며 눈을 크게 떴다.

"조제!"

조제 무리뉴.

그 역시 이곳에 온 것이다.

그는 무리뉴와 강한 포옹을 나눈 뒤 와줘서 고맙다는 말을 했다.

"뭘. 바빠도 와야지. 아까 보니 스티브도 있던데, 파리아와 이야기를 나누고 있을 거야."

"그래요? 그러면 곧 볼 수 있겠죠."

스티브 홀랜드와 루이 파리아도 왔다는 말에 그가 웃었다.

스티브 홀랜드는 원지석의 수석 코치였던 사람이고, 루이 파리아는 포르투 시절부터 무리뉴와 함께한 그의 오른팔이었다. 물론 원지석과도 아는 사이였고.

"그 꼬마가 이렇게 크다니."

"언제 적 이야기예요, 조제."

무리뉴는 대견하다는 눈빛으로 원지석을 보았다.

자신이 손을 내밀어준 소년은 이제 세계에서 가장 유명한

감독 중 하나가 되었고, 짝과 맺어지는 가장 행복한 순간을
기다리고 있었다.

"싸우지 말게. 감정이 격해졌을 땐 무슨 말을 하지 말고 다
시 한번 생각해."

"알겠어요."

잡담을 나누고.

뒤늦게 찾아온 스티브 홀랜드와 루이 파리아와 이야기를
나누고.

그렇게 시간을 보내는 사이에 결혼식이 시작할 시간이 되었
다.

음악 소리와 함께 캐서린이 나타났다.

그녀는 동료들이 만들어준 웨딩드레스를 입었는데, 원지석
이 무심코 입을 벌릴 정도로 아름다운 모습이었다.

주례로 나선 사람이 하는 말은 솔직히 말해 귀에 잘 들어
오지 않았다.

눈앞에 있는 그녀에게서 시선을 뗄 수 없었으니까.

반짝거리는 장신구보다 더욱 빛나는 캐서린의 푸른 눈동자
가 원지석을 담았다.

"원? 괜찮아요?"

"아, 네. 아무 문제 없어요."

주례는 긴 시간을 끌지 않으며 반지를 꺼내라 말했다.

작은 상자를 열자 두 개의 반지가 모습을 드러냈다. 여름에 그녀에게 보여주었던 반지였다.

자신의 약지에 끼워지는 반지를 보며 캐서린이 입을 열었다.

"여름에 했던 말 기억해요?"

평생 함께하자는 말.

그 말을 어떻게 잊을 수 있을까.

생각해 보니 답변을 하지 않았던 걸 떠올린 그녀였다.

"좋아요. 함께해요, 평생."

그 말과 동시에 원지석이 캐서린의 허리를 감싸며 입을 맞추었다.

오오오!

사람들이 휘파람 소리를 불고, 박수를 치며 둘을 축복했다.

이제 성 안에서 할 것은 끝났다.

문으로 가는 카펫의 양옆을 하객들이 자리 잡은 것도 동시였다.

그들은 무언가를 들었다.

그것은 다름 아닌 폭죽이었다.

규모가 큰 게 아닌, 작은 꽃불을 내는 스파클라를 말이다.

곧 조명이 꺼지며 사람들은 스파클라에 불을 붙였다.

타다닥.

꽃불 사이를 원지석과 캐서린이 걸었다.

이것 역시 캐서린의 친구들이 고안한 이벤트였다. 폭죽 아래에서 연인이 된 이야기를 통해 만들어진.

성 밖으로 나오자 아름다운 강이 보였다.

그리고 그 위에 띄워진 보트 역시.

둘은 그 보트 위에 탔다.

원지석이 보트의 시동을 걸 때 캐서린은 고개를 돌려 남은 사람들을 보았다.

"먼저 갈게요!"

시동이 걸리는 것과 동시에 그녀가 손에 들고 있던 꽃을 던졌다.

그 꽃을 잡은 것은 제임스였다. 첼시 선수들이 웃음을 터뜨릴 때 둘을 태운 보트는 강을 따라 달렸다.

이 모습을 기자들이 멀리서 사진을 찍었다. 물론 이렇게 사진을 찍어도 성 안에서 어떤 일이 있었는지는 그들만의 기억으로 남을 테지만.

원지석과 캐서린이 신혼여행을 떠나는 사이.

유럽 축구의 겨울 이적 시장이 시작되었다.

24 ROUND
황소 군단

라이프치히의 이적 정책은 단장인 랄프 랑닉이 전담한다.

원지석의 부임 이후에는 최종 결정권을 감독에게 주었지만, 선수 매물을 물어 오거나 협상에 관한 쪽은 여전히 랄프 랑닉이었다.

「[빌트] 전반기 1위 라이프치히가 보강할 포지션은?」

사람들은 이번 이적 시장에서 라이프치히가 어떤 선수를 영입할지 추측했다. 그중에는 수비진을 개선해야 한다는 의견이 적지 않았다.

라이프치히의 센터백은 뛰어난 평가를 받았지만 문제는 풀백이었다.

양 풀백인 할슈텐베르크와 베르나르두는 발전 가능성이 무궁무진한 선수들이다. 다만 리그 최고의 풀백이라 하기에는 아쉬움이 있었다.

왼쪽과 오른쪽 풀백을 소화할 수 있는 클로스터만 역시 로테이션의 한계가 있었다. 이런 상황이다 보니 양 풀백들과 주전 경쟁을 해줄 선수가 필요하다는 말이 나왔다.

「[빌트] 유벤투스의 산드루를 노리는 원지석?」
「[빌트] 포르투의 알렉스 텔리스를 관찰하는 라이프치히?」

그만큼 많은 선수들과 연결이 되었다.

산드루는 원지석이 첼시 시절부터 러브 콜을 보냈던 왼쪽 풀백이었다.

다만 세계 최고의 풀백으로 성장했다는 그때와는 다르게 최근엔 부진한 폼을 보여주고 있는 것도 사실이다.

[그만큼 가격이 낮아진 것도 사실이죠. 어떻습니까?]

랄프 랑닉이 보낸 메시지에 원지석이 턱을 괴며 고민했다. 그는 지금 신혼여행으로 스페인의 작은 섬에 온 상황이었다.

'산드루라.'

확실히 구미가 당기는 매물이긴 했다. 지금은 그때에 비해 부진하더라도, 다시 폼을 회복시킬 가능성이 있으니까.

'조금 더 생각해 보자.'

원지석은 결정을 미루었다.

양 풀백인 할슈텐베르크와 베르나르두는 잘해주고 있었다.

이런 상황에 하나의 선수를 추가한다면 그것은 챔피언스리그를 위한 영입인데, 산드루는 이에 맞지 않았다.

이미 유벤투스에서 챔피언스리그를 뛰었기 때문이다.

만약 라이프치히가 영입을 성공시키더라도 그는 챔피언스리그에서 뛰지 못한다.

그건 산드루만이 아니라 같이 링크되는 텔리스 역시 마찬가지였다. 이미 포르투 소속으로 챔피언스리그를 뛰었으니까.

거기다 겨울 이적 시장인 만큼 이적료가 더 비싸다는 것도 생각해야 했다.

'싸고, 챔피언스리그를 뛸 수 있는 좋은 선수.'

그런 선수가 어디 흔할까.

요즘은 유망주의 몸값도 어마어마한 시대였다.

이런저런 계산을 따져보면 차라리 겨울에 돈을 아끼고 여름에 확실한 영입을 하는 게 나을 것이다.

이러한 뜻을 랄프 랑닉에게 전한 원지석이 소파에서 몸을 일으켰다.

스페인의 라스팔마스 지역은 겨울에도 따뜻한 섬이었다. 사실 스페인보다는 아프리카 국가인 모로코와 더 가까운 만큼 당연한 말이긴 했다.

창문을 열자 따스한 바람이 그의 볼을 간지럽혔다.

멀리 있는 바다를 멍하니 보던 원지석이 자신의 약지에 껴진 반지를 보았다.

무언가 묘한 기분이었다.

마치 구름 위를 걷는 것처럼 실감이 나질 않았다.

가급적이면 이 느낌을 오랫동안 간직하고 싶었다. 아니, 그럴 것 같았다. 캐서린과 사귀면서도 매일매일 그녀에게 설렘을 느끼니까.

"응?"

원지석은 어디선가 풍겨오는 냄새에 고개를 돌렸다. 캐서린이 일어난 건지 부엌 쪽이 시끄러웠다.

부엌을 가니 역시 연기가 자욱이 뿜어지는 프라이팬을 보며 당황하는 캐서린이 보였다.

"캐서린?"

"원? 일어났어요? 조금만 기다리면 제가……!"

펑 하고 튀는 무언가를 보며 캐서린이 흠칫 놀랐다.

그것을 보며 원지석이 쓴웃음과 함께 불을 껐다.

최근 캐서린은 원지석에게 요리를 배우고 있었다. 아마도 지난번에 배운 것을 시도하려다 무언가를 빼먹은 모양이었다.

"괜찮아요. 천천히 하면 되죠."

원지석이 캐서린을 뒤에서 안으며 그녀의 손을 잡았다. 그리고 천천히 그 손을 이끌었다.

그때 캐서린이 붉어진 얼굴로 고개를 돌렸다.

눈이 마주친 부부는 그대로 입을 맞추었다.

*   *   *

겨울 이적 시장이 되었어도 라이프치히의 이적 소식은 조용했다.

이미 랄프 랑닉이 주전급 선수들의 영입이나 방출은 가능성이 적다고 인터뷰를 했기에 팬들도 고개를 끄덕였다.

다만 코치진에는 변화가 있었다.

「[오피셜] 라이프치히, 미하엘 발락을 유소년 코치로 영입하다」

전설적인 미드필더 발락을 영입한 것이다.

사람들은 그 소식을 들으며 놀랍다는 반응을 보였다.

이는 그가 단순한 슈퍼스타가 아닌, 바이에른 뮌헨에서 뛰었던 선수였다는 점을 기억해서 나온 반응이었다.

현재 라이프치히와 바이에른의 경쟁은 매우 치열했다. 그랬기에 전 소속 팀을 배신한 게 아니냐는 격한 반응 역시 볼 수 있었다.

─나를 찾아주는 팀으로 갔을 뿐, 여기에 사적인 감정은 없다.

발락은 SNS에 과한 억측은 자제해 달라며 부탁하는 글을 남겼다.

확실히 선수 시절이면 몰라도 은퇴 이후까지 그런 것을 따지는 경우는 드물다. 덕분에 흉흉했던 분위기도 가라앉게 되었다.

「[빌트] 라이프치히의 신의 한 수!」

이러한 발락의 영입을 매우 좋게 평가하는 사람들도 있었다.

발락은 현역 시절 매우 뛰어난 선수이기도 하지만, 독일 국가대표팀의 침체기를 떠받친 기둥이기도 했다.

그 시절 국가대표팀을 응원하던 독일인들은 모두 그를 응원했고, 무엇보다 구 동독 지역에서 그의 영향력은 남달랐다.

동독 축구의 마지막 유산.

그 말처럼 발락은 구 동독에서 태어났고, 동독에서 유소년 시절을 보냈으며, 동독에서 프로축구를 시작하며 슈퍼스타가 되었다.

그런 선수가 동독 대표를 꿈꾸는 라이프치히의 코치로 일한다는 것은 그 상징성이 컸다.

「[빌트] 라이프치히는 어떻게 발락을 데려왔는가?」

사람들은 그 이유를 원지석과 발락의 관계에서 찾았다.

발락은 첼시의 경기가 있을 때면 항상 SNS에 응원 글을 올릴 정도로 팀에 애정을 가졌다. 그런 팀을 트레블로 이끈 원지석을 찬양하는 글도 몇 번이나 썼다.

거기다 그가 현역 시절 첼시에서 뛸 때는 원지석이 코치였을 시절이었다.

그때부터 이어진 관계가 이 영입을 만들었다며 추측하는 사람들도 있었다.

틀린 말은 아니다.

원지석은 라이프치히에 부임하자마자 그에게 지도자 자격
증을 따라고 했으니까.

"여, 새신랑."

훈련장에 있던 케빈이 멀리서 걸어오는 원지석을 보며 손에
들고 있던 레드불을 던졌다.

캔을 잡은 원지석은 그걸 까딱거리는 걸로 감사 인사를 대
신했다.

"일찍 왔네요?"

"너야말로 더 쉬지 않아도 되겠냐? 신혼인데."

"여름에 쉬면 되죠."

휴가는 1월 18일까지였지만 그 기간을 다 놀 수는 없다. 경
기감각을 위해 친선경기도 준비해야 하고.

"미하엘은 어때요?"

"아직 낯선 모양이지만 금방 적응할 거야."

발락은 유소년 코치진들과 함께 일을 하며, 가끔은 성인 팀
에도 힘을 보탤 것이다. 잡담을 나누던 중 케빈이 화제를 바
꾸었다.

"전반기 랑리스테는 봤냐?"

케빈의 물음에 원지석이 고개를 끄덕였다.

랑리스테.

분데스리가에서 가장 정확하고, 냉정하다는 소릴 듣는 선수 랭킹.

이 랑리스테를 발표하는 키커지는 독일 축구에서 가장 신뢰받는 언론이었다.

키커는 매년 전반기와 후반기를 나누며 분데스리가의 선수 랭킹을 발표한다.

여기서 전반기에 높은 평가를 받아도, 후반기에 부진하다면 가차 없이 랭킹이 하락할 정도로 그 평가가 냉정했다.

평가는 총 네 개의 등급으로 나뉜다.

WK. 월드 클래스 선수.

IK. 국제적으로 경쟁력이 있는 선수.

K. 리그 내에서 경쟁력 있는 선수.

B. 주목할 만한 선수.

그리고 K 등급까지는 순위가 정해지며, 만약 월드 클래스 선수가 없다고 판단되면 바로 IK부터 랭킹이 시작되기도 한다.

거기다 키커의 평가는 깐깐한 걸로 유명하기에 모두가 알 법한 선수도 WK를 받지 못한 경우가 많았다.

"봤어요. 그쪽에서 점수 짜게 주는 거야 다 아는 이야기지만."

쯧 하고 혀를 찬 원지석이 레드불 캔을 땄다.

현재 단독 1위를 달리고 있는 팀이니 당연한 이야기지만, 라이프치히 역시 랑리스테에 많은 선수들을 포함시켰다.

가장 높은 등급을 받은 선수는 포르스베리였다. 측면공격수 부문에 이름을 올린 평가는 이랬다.

에밀 포르스베리.

IK-1.

측면의 연주자.

랭킹과 함께 남겨진 코멘트였다.

등급 옆의 숫자는 측면공격수 중에서 1위라는 소리였다.

전반기 최고의 선수로 꼽히는 그가 WK를 받지 못하는 점에서 얼마나 깐깐한 기준인지를 알 수 있었다.

그 뒤를 이은 자비처가 IK-3을, 스트라이커 부문에서는 베르너가 IK-2를 받았다.

라이프치히의 상승세를 이끈 선수들이 그 활약을 인정받은 것이다.

세리 역시 중앙미드필더에서 IK-1을 받았지만 평점으로는 포르스베리보다 낮았다.

다만 라이프치히의 풀백들이 K를 받았다는 것에서 풀백 영입의 필요성을 강조하는 사람도 있었다.

케빈은 선수 영입보다는 발굴을 주장하는 쪽이었다. 그가 건넨 자료를 보던 원지석이 눈살을 찌푸렸다.

"브라질이요?"

건네받은 서류는 레드불 브라질에서 보낸 스카우트 자료였다.

현재 주전 풀백인 베르나르두를 발굴한 그들이 또 다른 풀백을 발굴한 것이다.

"브레노 페레이라?"

사진에는 목이 늘어진 후줄근한 티셔츠를 입은 꼬마가 있었다. 눈초리가 살벌한 게 어린 갱이 붙잡힌 사진 같았다.

나이는 00년생.

지금은 레드불 브라질의 유소년 팀에 있으며, 말 그대로 어린 유망주였다.

"거기 스카우터들이 난리가 났더라고. 물론 바로 영입할 필요는 없겠지만."

그 성장세를 주목할 가치는 있을 것이다.

고개를 끄덕인 원지석이 머릿속에 소년의 이름을 기억했다.

원지석이 후반기를 준비하는 동안 선수들도 휴가를 끝내고 팀에 복귀했다. 친구, 연인, 가족과 시간을 보내며 충분한 휴식을 보낸 모양이었다.

아직 어린 녀석들이라 담배 스캔들 같은 걸 뉴스로 보면 어쩌지 싶었는데 다행히 그런 일은 없었다.

라이프치히는 하부 리그 팀들과 친선경기를 통해 경기감각을 끌어올렸다.

「[오피셜] FIFA 올해의 감독을 수상한 원지석!」

그러던 와중에 원지석은 또 하나의 트로피를 추가했다.

유로나 월드컵이 있는 해에는 국가 대항전을 우승한 감독에게 상을 주는 전례가 있었지만, 지난 시즌 트레블을 기록한 공로를 인정받은 것이다.

"이건 조제의 말이지만, 제가 다시 한번 써먹겠습니다."

상을 든 원지석이 입을 열었다.

그는 당당한 얼굴로 마이크를 가까이 했다.

"저는 지금 라이프치히의 감독이지만, 이 상은 첼시의 일원으로서 받습니다. 감사합니다."

무리뉴 역시 인테르 시절 트레블을 기록하며 월드컵을 우승했던 델 보스케 대신 상을 받은 적이 있었다.

당시 무리뉴는 상을 받을 때 그런 말을 하며 인테르 팬들을 감동시켰다.

이번에도 마찬가지다.

그의 말은 첼시 팬들의 가슴을 뭉클하게 만들었다.

—우리는 안 중요해?

―지금은 우리 감독인데??

―수상 축하해요!

라이프치히 팬들이 질투 섞인 축하를 보냈다. 그들 역시 말만 그렇게 할 뿐 그 말을 이해했다.

그러는 사이 휴식기가 끝났다.

후반기 첫 경기는 샬케04.

연고지가 광산업을 하는 것에 영향을 받아 광부란 별명이 있으며, 역시 분데스리가에서 오랫동안 활약한 강호였다.

라이프치히의 버스가 멈췄다.

문이 열리고 가장 먼저 나온 것은 원지석이었다.

뒤를 이어 라이프치히의 선수들도 하나하나 모습을 드러냈다.

황소들과 광부들의 대결.

그 경기가 곧 시작된다.

＊   ＊   ＊

요 몇 년간 샬케의 분위기는 최악에 가까웠다.

가장 근본적인 이유는 성적 부진에 있었지만, 샬케 보드진의 이해할 수 없는 선수단 정책도 논란이 되었다.

핵심 선수나 유망주들을 보는 팬들이 허무할 정도로 쉽게 떠나보낸 것이다.

수비진의 핵심이었던 마티프가 재계약을 거부하며 자유 계약으로 팀을 떠난 게 시작이었다.

이후 핵심 선수들이 하나둘씩 떠나자 보드진에게 의문을 표하는 사람마저 나올 정도였다.

지난 시즌에는 팀의 핵심 윙백인 콜라시나츠가 자유 계약으로 떠나고, 리빙 레전드인 회베데스가 감독과의 불화 끝에 유벤투스로 임대를 떠났다.

거기다 팀의 미래라 불리던, 핵심 미드필더인 고레츠카마저 자유 계약을 통해 바이에른으로 갔으니 팬들의 불만은 어느 때보다 큰 상황.

이런 문제를 안고도 샬케가 지난 시즌 챔피언스리그 경쟁을 할 수 있었던 것은 전적으로 감독 덕분이었다.

도메니코 테데스코.

원지석, 나겔스만에 이어 혜성처럼 등장한 젊은 감독.

테데스코는 팀의 쓰리백을 좀 더 완성시키며 상승세를 이끌었다. 이러한 지도력에 힘입어 샬케는 지난 시즌 전반기를 2위로 마무리했다.

비록 주축 선수들의 부상으로 인해 마지막은 5위로 내려앉았지만, 테데스코가 아니었다면 하위권 경쟁을 했을 팀이다.

이번 시즌에도 샬케는 단단한 수비를 바탕으로 챔피언스리그 경쟁을 하는 중이었다. 상위권인 라이프치히와 바이에른이 워낙 미친 성적을 보여주기에 우승은 무리로 보였지만.

그래도 샬케 팬들은 테데스코를 구세주라 부르며 칭송했다.

「[키커] 분데스리가에 부는 새로운 바람」

사람들은 이런 분위기를 긍정적으로 평가했다.

변화가 없으면 도태되게 마련이다.

어린 감독들의 새로운 도전, 새로운 방식이 좋은 성과를 거두며 분데스리가에도 변화가 찾아왔다. 이는 분명 나쁘지 않은 일이었다.

특히 세 지도자의 스타일이 다르다는 것도 주목할 만한 점이다.

실리를 추구하는 테데스코, 과감한 운영을 하는 나겔스만, 그리고 상황에 따라 자신을 변화시키는 원지석.

원지석이야 잉글랜드에서 온 외인이라지만 나머지 둘은 다르다.

둘은 독일에서 태어나 독일 지도자 아카데미를 수료한 감독이었다. 독일 축구의 미래라 불리기에 부족함이 없다.

그랬기에 원지석을 목표로 만들며 나머지 둘을 자극하는 걸지도 몰랐다. 뛰어난 경쟁자는 성장의 원동력이 될 수 있으니까.

「[빌트] 테데스코는 이길 수 있을까?」

전반기에 있던 경기에서는 샬케의 수비를 무너뜨린 라이프치히가 쉬운 승리를 거두었다.

테데스코는 그때 겪은 패배에서 해답을 찾기 위해 노력했을 것이다. 원지석 역시 달라진 모습으로 그들을 상대해야만 했다.

―샬케는 이번에도 쓰리백 전술을 꺼냈군요?
―회베데스와의 화해 이후 더욱 단단해진 샬케의 쓰리백입니다.

오늘 샬케의 쓰리백은 나스타시치, 나우두, 회베데스가 이름을 올렸다.

나스타시치는 맨 시티에서 임대 후 이적을 통해 샬케에 자리를 잡은 센터백으로, 나쁘지 않은 활약을 보여주는 선수였다.

82년생인 나우두는 올해 36세가 되는 노장이다. 하지만 테데스코의 지휘 아래에서 매우 좋은 모습을 보여주며 팀의 핵심 수비수로 자리 잡았다.

그리고 베네딕트 회베데스.

그는 샬케에서 프로 데뷔를 한 이후 쭉 샬케에서만 뛴 센터백이었다. 지난 시즌까지는.

테데스코는 부임하자마자 회베데스의 주장직을 박탈하며 그를 벤치 멤버로 분류했다.

회베데스는 백업으로 밀려 버린 상황을 모면하기 위해 유벤투스로 임대를 떠났다. 월드컵에 나가려면 자신의 경쟁력을 증명해야만 했다.

하지만 이탈리아 생활은 만만치 않았다.

긴 부상을 당하며 시즌을 통틀어 열 경기도 채 나오지 못했으니까.

결국 쓸쓸하게 샬케로 복귀한 회베데스에게 반전이 찾아왔다. 테데스코가 자신의 실수를 인정하며 극적인 화해가 이루어진 것이다.

이렇게 만들어진 쓰리백은 매우 좋은 모습을 보였다. 골 득실은 다른 팀보다 부족하지만 팀을 3위로 올려놓는 데 지대한 공언을 했을 정도로.

―전반기의 경기에서는 회베데스가 부상으로 **빠졌었죠**. 이번 경기에선 무엇이 다를지 비교하는 것도 또 하나의 포인트가 되겠습니다.

윙백으로는 쇼프와 칼리주리가 섰다.

특이점은 두 명 모두 공격형미드필더와 윙어를 뛰던 선수로, 테데스코가 윙백으로 포지션을 변경시키며 재미를 보고 있다는 점이다.

왼쪽 윙백으로 나온 쇼프는 평소 오른쪽 자리에서 뛰었던 만큼 인버티드 윙백의 롤로 뛸 거란 추측이 많았다.

중앙에는 스탐불리와 막스 마이어가 섰다.

스탐불리는 전형적인 수비형미드필더이고, 마이어는 후방 플레이메이커였다.

이 막스 마이어가 샬케의 핵심이자 미래라고 불리는 선수였다. 한때 성장이 정체되었지만, 수비형미드필더로 포지션을 바꾸며 포텐을 터뜨린 초신성.

고레츠카가 떠난 지금은 샬케 중원의 핵심이라 할 수 있었다.

공격형미드필더로는 벤탈렙이 나왔고, 최전방에는 코노플리얀카, 부르크슈탈러가 나왔다.

팬들의 가슴을 답답하게 만드는 공격진이었다. 그나마 중앙 공격수인 부르크슈탈러의 폼이 괜찮다는 것에 위안을 삼아야 할까.

부르크슈탈러는 많은 활동량과 연계로 팀의 공격을 이끄는 선수였다.

벤탈렙이 미드필더치고는 골을 넣어주고 있기에 어찌어찌 돌아가는 공격진이라고 봐도 좋았다.

―펠틴스 아레나에 많은 비가 쏟아지고 있습니다.

―겨울인 만큼 선수들의 건강에 무리가 없었으면 좋겠군요.

원지석은 경기장의 터널을 지났다.

샬케의 홈인 펠틴스 아레나는 연고지가 탄광도시인 만큼 경기장의 터널을 광산 터널 비슷한 모습으로 만든 게 특징이었다.

터널을 지나자 매섭게 쏟아지는 비가 보였다. 버스에서 내릴 때까지는 괜찮았는데.

"춥다."

후 하고 한숨을 쉬자 입김이 나왔다.

입김은 빗줄기에 흩어지며 모습을 감추었다.

이런 날씨에도 경기장은 샬케의 홈 팬들로 가득 찼다. 빗소리에 지지 않겠다는 듯 응원을 멈추지 않으며 라이프치히를 압박했다.

"미끄럽겠는데."

경기장에 물웅덩이가 고이진 않았지만 이 정도의 비라면 경기 내용에 지장이 갈 것이다.

빗물에 시야가 가려진다거나, 미끄러진다거나, 낮게 깔린 롱패스를 보내면 중간에 멈춘다거나.

그나마 다행인 게 있다면 수중전에는 익숙하다는 걸까.

"익숙한 게 뭐야."

베테랑이지, 베테랑.

비가 자주 쏟아지던 잉글랜드에서의 생활을 떠올리며 원지석이 패딩의 후드를 뒤집어썼다.

라이프치히의 라인업이 발표되었다.

포백은 할슈텐베르크, 오르반, 우파메카노, 베르나르두가.

중원은 포르스베리, 세리, 뎀메, 자비처가.

최전방에는 베르너와 폴센이 섰다.

포르스베리는 겨울 휴식기 동안 부상을 완전히 털어냈다. 경기감각은 아직 완전히 돌아온 거 같지는 않다만, 오래 걸리진 않을 문제였다.

"다치지만 마라."

이렇게 비가 오는 날은 잔디가 굉장히 미끄러워 부상이 자주 나오기도 했다. 이래저래 변수가 많을 경기였다.

삐이익!

경기가 시작되었다.

선축은 라이프치히였다.

공을 소유하던 세리가 앞을 향해 찔렀다.

'안 보여.'

그 패스를 받은 폴센이 눈살을 찌푸리며 주위를 둘러보았다. 눈꺼풀을 닫으라는 듯 빗물이 얼굴을 때렸다.

흐린 시야 속에서 샬케의 파란 유니폼이 눈에 띈다는 게 그나마 다행이었다.

자신에게 달려오는 샬케 선수들을 보며 폴센이 공을 돌렸다. 빈자리를 뛰어가던 세리였다.

세리는 측면을 향해 침투하는 자비처를 보고선 긴 패스를 보냈다.

—자비처가 논스톱으로 크로스를 올립니다!

높게 띄워진 공을 베르너가 그대로 점프하며 헤딩했다. 헤딩슛은 골문을 아쉽게 비껴가며 떨어졌다.

"후우."

손바닥으로 얼굴을 한 번 닦은 그가 한숨을 쉬며 돌아갔다.

라이프치히에게 그나마 다행인 게 있다면 베르너나 폴센이
나 모두 헤딩에 능한 선수라는 점이었다.

어차피 비 때문에 지공이 힘들다면 헤딩으로 승부를 보는
것도 나쁘지 않았다.

샬케 역시 그런 점을 알고 있었다.

그렇기에 그들은 패스를 통해 경기를 풀어가기보다는 후방
에서 한 번에 찌르는 롱패스로 승부를 보려 했다.

그 중심에는 마이어가 있었다.

마이어는 공을 한번 잡아둔 뒤 그대로 라이프치히의 선수
들을 넘기는 패스를 쏘아 올렸다.

　

―공을 잡고 달리는 벤탈렙!

　

벤탈렙은 뛰어난 볼키핑과 드리블을 가진 선수였다. 그런
그가 짧게 공을 건들며 뎀메의 압박을 벗어나곤 그대로 측면
을 향해 달렸다.

할슈텐베르크가 가까이 다가오자 벤탈렙이 그대로 얼리크
로스를 보냈다.

부르크슈탈러가 그 크로스를 슈팅하려 했지만 먼저 자리를
잡은 오르반이 공을 걷어냈다. 아니, 걷어내려 했지만 멀리 가
지 못한 공은 코노플리안카에게 가고 말았다.

―공을 잡는 코노플리얀카! 그대로 슛을 합니다!

―아아! 멀리 벗어나는 슈팅!

기회를 놓친 코노플리얀카가 젖은 앞머리를 뒤로 넘기며 욕
지거릴 내뱉었다.

그는 전형적인 윙어였다. 다만 슈팅 능력이 한숨이 나올 정
도라 팬들이 뒷목을 잡은 것도 한두 번이 아니다.

그래도 볼을 끌고 가는 능력은 나쁘지 않았기에 꾸준히 기
회를 받는 편이긴 했다. 최근에는 유망주들에게도 기회를 주
며 안전하기만 한 자리는 아니지만.

―아무래도 비 때문에 선수들이 자기가 원하는 대로 플레
이를 하지 못하고 있군요.

―수중전의 묘미이자 단점이기도 하죠. 이런 날은 끝까지
집중력을 유지하는 게 중요합니다.

경기는 점점 단순해지고 있었다.

패스를 통한 빌드 업보다는 단숨에 공을 올리는, 이른바 뻥
축구에 가깝게 말이다.

상황이 이렇게 되자 원지석은 폴센을 더 높이 올렸다. 디펜

시브 포워드가 아닌 타깃형 스트라이커로 공격에 적극적으로
가담하도록.

─아, 공이 측면 끝으로 가지 않고 그대로 멈춥니다!

세리가 길게 찌른 공은 페널티에어리어 근처에서 그대로 멈
추었다. 그것을 나스타시치가 멀리 걷어내며 역습이 시작되었
다.

"에이, 시벌!"

라이프치히 선수들이 얼굴을 구기며 수비 라인을 유지했다.

하지만 더 황당한 것은 지금부터였다.

공을 몰고 페널티에어리어를 침입하는 코노플리얀카의 앞
을 우파메카노가 막아섰다.

코노플리얀카가 개인기를 통해 수비수를 벗어나려 할 때였
다. 터치 미스로 미끄러진 공이 우파메카노에게 흘렀다.

"아, 미친."

"병신."

그런 실수를 비웃은 우파메카노가 공을 걷어내기 위해 다
리를 들었다.

쭈우욱.

"으억!"

중심축으로 내디뎠던 발이 잔디의 물기 때문에 그대로 미끄러지며 우파메카노가 넘어진 것이다.

　—아, 이게 뭔가요! 우파메카노가 미끄러지며 엉덩방아를 찧습니다!
　—동시에 달려오는 부르크슈탈러! 오르반과 할슈텐베르크가 뒤늦게 달려오지만 늦어요!

　쾅!
　부르크슈탈러가 강하게 찬 공이 골문을 향해 쏘아졌다. 골망이 출렁이며 물기를 털어내는 것과 동시에 홈 팬들의 환호성이 터졌다.
　와아아!!

　—고오올! 기회를 놓치지 않는 부르크슈탈러가 선제골을 뽑아냅니다!

　"시벌."
　그 골을 보며 원지석이 욕지거릴 내뱉었다.
　비는 생각보다 큰 변수가 되었다.

비는 멈추지 않았다.

만약 경기장에 물이 찬다면 주심이 일시적으로 경기를 중단하겠지만, 그 정도는 아니어서 멈춤 없이 계속 진행되었다.

촤아악!

할슈텐베르크가 슬라이딩태클을 하자 쭈욱 미끄러지며 물보라가 생겼다.

다행히 공은 걷어냈지만 뒤이어 달려온 칼리주리와 충돌한 게 문제였다. 만약 칼리주리가 무릎을 굽히지 않았다면 큰 사고가 일어났을 것이다.

─몸을 일으킨 할슈텐베르크가 괜찮다는 제스처를 보입니다.

─경기장이 미끄러운 만큼 위험한 장면이 나오는군요.

"후우."

원지석이 안도의 한숨을 내쉬었다.

위험한 상황이었다.

태클을 하지 않았으면 슈팅 찬스가 나왔을 것이고, 태클을 하니 부상을 입을 수 있었던 상황.

만약 부상이라도 입었다면 한 골을 먹힌 것보다 치명적인 상황이 되었을 터였다.

경기는 단순해지며 그만큼 격해지고 있었다. 세밀한 스킬보다는 몸을 부딪치며 더 강한 피지컬을 가진 사람이 공을 따냈다.

라이프치히의 장신 공격수 폴센이 등을 지며 공의 소유권을 지켰다.

마이어와 스탐불리가 공을 뺏기 위해 태클을 했지만 쉽게 내어주지 않은 그가 수비 라인을 파고드는 자비처에게 스루패스를 찔렀다.

하지만 뒤늦게 달려온 샬케의 왼쪽 윙백 쇠프가 자비처의 뒤꿈치를 밟으며 파울이 선언되었다.

─주심이 쇠프에게 옐로카드를 꺼냅니다. 아마 알게 모르게 반칙을 하던 게 쌓여서 카드를 받는 거 같네요.

쇠프가 억울하다는 반응을 취했지만 주심은 자신의 판정을 번복하지 않았다.

이런 날씨에는 코너킥이나 프리킥이 매우 효과적이었다. 프리킥이야 직접 슈팅을 때릴 수 있고, 코너킥에서는 수비수들까지 공격에 가담을 하니까.

키커로는 포르스베리와 자비처가 섰다.

이 둘은 팀의 세트피스를 전담하는 키커였다.

보통 직접적인 슈팅은 자비처가, 헤딩을 노리는 크로스는 포르스베리가 찼다.

그런 키커 두 명이 동시에 뛰었다.

그때 자비처가 뛰던 도중 발을 멈추었다.

약속된 페이크를 뒤로하며 끝까지 달린 포르스베리가 그대로 크로스를 올렸다.

쾅!

슈팅처럼 골문 구석을 향하던 공을 헤딩으로 잘라먹은 선수가 있었다.

유수프 폴센.

그가 기어코 헤딩골을 성공시킨 것이다.

샬케의 골키퍼인 랄프 페어만의 손을 피한 공은 골라인 안으로 떨어지며 물을 튀겼다.

―고오오올!! 포르스베리의 킥을 그대로 골로 연결시키는 폴센! 그 키가 아깝지 않습니다!

골이 들어간 것과 동시에 라이프치히의 선수들이 중계 카메라를 향해 달려갔다.

폴센이 카메라에 입김을 부는 셀레브레이션을 하자 화면이 뿌옇게 가려졌다. 결국 카메라맨이 쓴웃음을 지으며 닦아내자 동료들과 기쁨을 나누는 그의 모습이 보였다.

"예아!"

곧 중계 화면에 원지석의 모습이 잡혔다.

패딩의 후드가 벗겨지며 홀딱 젖는 것도 신경 쓰지 않는지 그는 동점골의 기쁨을 즐겼다.

삐이익!

전반전은 더 이상의 골이 터지지 않으며 그대로 끝났다.

라커 룸은 평소보다 부산스러웠다.

스태프들이 큰 수건을 건네주며 몸을 닦도록 했고, 곧 패딩과 전기난로로 몸을 덥히게 했다.

원지석 역시 머리 위에 수건을 덮으며 선수들에게 후반전의 전술을 지시하고 있었다.

"힘들지? 비 진짜 많이 오긴 한다."

이번 시즌 라이프치히가 치른 경기들 중 가장 많은 비가 내리는 날이었다.

경기 시작 전 그가 선수들에게 수중전에서 써먹을 몇 가지 팁을 주긴 했지만 실제로 뛰는 것은 다른 일이다.

원지석은 그들의 자잘한 실수들을 교정해 주며 후반전을 대비했다.

"쟤들은 승점 1점이면 만족할 거야. 너희들은 1점에 만족할 수 있겠냐?"

테데스코는 실리를 중시하는 감독이다.

그는 더 많은 골이 터질 난투극보다는 차라리 적은 승점이라도 챙기는 쪽으로 판단할 가능성이 컸다.

"아마 극단적인 역습으로 나오겠지."

케빈이 전술 보드에 붙여진 파란색 자석들을 골문 근처로 내렸다.

이제 저 틈을 뚫을 수 있느냐 없느냐의 싸움이었다.

"일단 중거리 슈팅이나 헤딩 싸움으로 두드려 보는 수밖에."

원지석이 고개를 끄덕였다.

차라리 극단적인 수비 전술로 나온다면 라이프치히로서도 나쁘지 않은 상황이었다. 중거리 슈팅이나 패스를 할 공간이 그만큼 넓어질 테니까.

이런 점을 선수들에게 전하며 하프타임이 끝났다.

그 잠깐의 시간 동안 빗줄기는 많이 약해져 있었다.

물을 먹은 잔디는 여전히 미끄럽겠지만, 이제 빗물이 시야를 방해하는 점은 크게 줄었을 것이다.

―또다시 중거리 슈팅을 때리는 자비처! 이번엔 골대를 맞고 튕깁니다!

—라이프치히에겐 아쉬운 순간이었네요. 후반전에 들며 라이프치히의 중거리슛 빈도가 눈에 띄게 늘었습니다.

경기는 예상대로 수비 라인을 깊숙이 내린 샬케와 그것을 뚫기 위해 애쓰는 라이프치히의 양상으로 흘렀다.

엉덩이를 내린 샬케의 쓰리백은 확실히 철벽같은 단단함이 느껴졌다.

그중에서도 나우두와 회베데스가 라이프치히의 공격을 모조리 끊어내며 최후방에서 견고한 수비력을 뽐냈다.

특히 나우두는 골 넣는 수비수라 불릴 정도로 세트피스에서 위협적인 모습을 보였다. 샬케가 역습으로 코너킥을 만들면 가장 무서운 것은 나우두일 정도였으니까.

라이프치히는 중거리 슈팅과 크로스를 통한 헤딩으로 샬케의 골문을 위협했다.

하지만 샬케의 골키퍼인 페어만이 뛰어난 선방을 보여주며 균형을 유지시켰다.

결국 원지석은 선수교체를 통해 팀의 변화를 주었다. 골을 넣은 폴센을 빼고 미드필더인 캄플을 투입한 것이다.

—이번 교체는 이제 지공에도 신경을 쓰겠다는 선택으로 보입니다. 헤딩은 베르너 선수 역시 일가견이 있는 데다, 동료

들과의 연계 역시 훌륭한 선수니까요.

─아, 그런데 라이프치히에서 선수 한 명을 더 교체하는군 요?

놀랍게도 수비형미드필더인 뎀메가 빠지며 공격수인 오귀스 탱이 들어갔다.

이제 중원에는 세리와 캄플이, 최전방의 투톱은 베르너와 오귀스탱이 자리를 잡았다. 전문적인 수비형미드필더가 없어 진 만큼 공격적인 변화라 할 수 있었다.

이러한 변화에 샬케도 굳건하던 수비를 조금씩 열며 좀 더 적극적인 역습을 취했다. 그리고 그 틈이 바로 원지석이 노리 던 때였다.

시작은 세리의 발끝에서 시작되었다.

이제 비에 젖은 잔디에 조금은 익숙해진 건지 공이 미끄러 지며 오귀스탱에게 향했다.

오귀스탱은 그것을 뒤꿈치로 다시 백패스를 했다. 그 공은 샬케의 공격수들과 미드필더진의 압박을 벗어난 캄플이 받았 다.

캄플은 툭툭 끊어 치는 드리블로 샬케의 1차 압박을 벗어 났다.

그런 그가 측면에 있던 포르스베리에게 스루패스를 찔렀다.

포르스베리는 그대로 샬케의 페널티에어리어로 침투하며 샬케의 수비진들을 자신에게 끌었다.

그때 샬케의 오른쪽 윙백인 칼리주리가 슬라이딩태클을 하며 공을 노렸다.

포르스베리는 바깥 발로 공을 빼내며 그 태클을 피해내곤 더 안으로 들어갔다.

이제부터가 진짜다.

회베데스가 재빠르게 그의 앞을 막는 사이 나스타시치는 베르너의 앞을 막았다.

빠르게 패스 길을 차단하는 걸 보며 포르스베리가 혀를 찼다. 거기다 골문 근처는 나우두가 어슬렁거렸기에 쉽게 틈이 보이지 않았다.

'그렇다면.'

포르스베리의 선택은 슈팅이었다.

그는 바깥 발을 이용해 공을 페널티에어리어 쪽으로 빼며 그대로 슈팅을 때렸다.

—몸을 날리며 슈팅을 막아내는 나우두!

골문 구석으로 향하던 슈팅을 나우두가 발끝으로 막았다. 하지만 공이 아직 페널티박스에 남았기에 안도의 한숨을 쉬기엔 이른 상황.

그리고 그 공을 향해 빠르게 달리는 사람이 있었다.

빠른 발로 나스타시치의 마크를 벗어난 티모 베르너였다.

순간 슬라이딩태클을 하며 누워 있던 나우두가 기어가며 헤딩으로 공을 따내려 했다.

'징그럽다!'

그 모습에 학을 떼던 베르너는 문득 오늘 경기 시작 전 원지석이 말했던 팁을 떠올렸다.

'내가 잉글랜드에서 전수받은 비법을 알려줄게.'

물론 농담으로 한 말이지만, 베르너는 그 팁을 실전에서 써먹기 위해 발을 들었다.

찰박!

"뭐여, 미친!"

공을 똑바로 보고 있던 나우두가 얼굴에 튀긴 물을 보며 눈을 감았다.

베르너가 슈팅 스텝을 밟으면서 튀긴 빗물이 그에게 떨어진 것이다. 언뜻 보면 그를 향해 물을 뿌리는 게 아닐까 할 정도였다.

그렇게 해서 만들어낸 짧은 순간.

슈팅을 때린 베르너는 발끝에서 느껴지는 감각에 본능적으로 골을 예상했다.

'왔다.'

쾅!

슈팅은 페어만 골키퍼의 다리 사이를 스치며 골 망을 흔들었다. 뒤늦게 무릎을 굽히며 앉은 페어만의 뒤로 데구르르 공이 흘렀다.

와아아!!

원정경기를 따라온 라이프치히의 팬들이 환호를 터뜨렸다. 베르너는 그런 팬들의 앞으로 달려가 셀레브레이션을 펼쳤다.

"저거 노린 거네."

낄낄거리던 케빈이 박수를 치며 좋아했다.

이런 상황이 나올 줄은 예상하지 못했던 원지석이 쓴웃음을 지으며 안경을 고쳐 썼다.

"뭐 어때? 반칙도 아니고."

케빈의 말대로였다. 다만 농담으로 한 말이 역전골로 연결되자 굉장히 기묘한 느낌이 들었을 뿐.

비는 점점 그치고 있었다.

―꽤나 위협적이었던 부르크슈탈러의 슈팅!

역전을 당하자 샬케는 굳게 닫았던 문을 열며 라인을 올렸다.

테데스코 감독은 압박을 통해 상대 팀의 점유율을 뺏어 오는 전술을 쓰는 감독이다.

그런 그는 라이프치히에 전문적인 수비형미드필더가 없다는 걸 이용해 적극적인 공격을 지시했다.

캄플이나 세리나 많은 활동량으로 수비 가담을 하는 선수들이지만 그 한계가 있다.

샬케의 코노플리얀카가 그런 중원을 돌파하며 슈팅 기회를 잡았지만, 또다시 허무하게 찬스를 날리며 팬들의 한숨을 불렀다.

그렇게 엎치락뒤치락하는 싸움이 계속되었다.

샬케의 쓰리백 중 하나인 나스타시치가 공을 걷어내다 미끄러지는 게 오늘 경기의 요약일지도 몰랐다.

삐이익!

그렇게 경기는 종료.

2 : 1.

비라는 변수에 의해 골을 먹히고, 골을 넣은 치열한 경기였다.

"아쉽네요."

"힘든 경기였습니다."

테데스코와 원지석이 악수를 나누며 포옹을 했다.

그때 테데스코가 슬쩍 입을 열었다.

"솔직히 말해서 저랑 그 녀석 중에 누가 낫습니까?"

"그 녀석이라면?"

"율리안 말입니다."

그는 호펜하임의 감독인 율리안 나겔스만을 언급했다.

사실 뜬금없는 이야기는 아닌 게, 테데스코와 나겔스만은 독일 지도자 아카데미를 같이 다닌 동기였다.

그리고 수석은 테데스코, 차석은 나겔스만이 차지하며 그때부터 남다른 떡잎을 자랑했다.

거기다 나겔스만이 호펜하임의 1군 감독이 되었을 때 빈자리였던 U19 팀의 감독을 맡은 것도 테데스코였다. 알게 모르게 인연이 있는 둘이었다.

"호펜하임과 샬케를 모두 꺾은 당신이라면 그 느낌을 알 것 같아서요."

"글쎄요. 두 팀 모두 상대하기 힘들었던 거 말고는 그 차이를 명확하게 말하기가 어렵네요."

원지석이 쓴웃음을 지으며 고개를 저었다.

둘은 비슷하면서도 다르다.

그런 둘을 비교하는 게 의미가 있을까 싶었다.

"뭐, 다음에는 안 질 겁니다."

테데스코는 그렇게 말하며 등을 돌렸다.

그 뒷모습을 보며 피식 웃은 원지석이 경기장을 떠났다.

「[키커] 힘든 수중전 끝에 승리를 거둔 라이프치히!」

기사에는 홀딱 젖은 양 팀의 선수들과 감독들의 모습이 올려졌다. 경기가 끝나고 감기가 걸린 선수가 없다는 게 다행이었다.

「[키커] 이번 시즌 득점왕은 누구?」

한편 우승 경쟁이 아닌 득점왕 경쟁도 흥미로운 구도가 진행되고 있었다.

현재 분데스리가의 득점왕 경쟁을 하는 선수는 총 세 명.

바이에른 뮌헨의 레반도프스키.

도르트문트의 오바메양.

그리고 RB라이프치히의 티모 베르너.

현재 단독 득점 선두는 21골을 넣은 레반도프스키였다.

그리고 이번 샬케전에서 골을 넣은 베르너가 20골로 그 뒤를 바짝 추격했으며, 그 밑으로는 19골의 오바메양이 있다.

분데스리가는 다른 리그보다 경기 수가 적어 체력적으로 상대적인 여유를 가질 수 있지만, 공격수들에겐 골을 넣을 경기가 적어지는 아쉬움이 있기도 했다.

그렇기에 리그에서 30골 이상을 넣는 오바메양이나 레반도프스키가 대단하단 소릴 듣는 거였다.

「[키커] 분데스리가를 질주하는 황소 군단」

지난 시즌에 22골을 넣은 베르너는 벌써부터 20골을 넣으며 자신의 기록을 눈앞에 두었다. 이 기록을 깨는 건 시간문제일 것이다.

베르너의 득점에 힘입어 라이프치히는 무패 기록을 쌓았다. 그리고 곧 있을 챔피언스리그를 대비했다.

챔피언스리그 16강.

그 상대는 러시아 리그의 로코모티프 모스크바였다.

25 ROUND
피부색

로코모티프 모스크바는 실로 오랜만에 리그 우승을 차지하며 챔피언스리그에 진출하게 되었다.

더욱 놀라운 것은 그들이 챔피언스 조별 예선을 통과하며 16강에 진출했다는 것이다.

라치오를 누르고 조 2위로 살아남은 그들을 보며 사람들은 이변이라는 반응을 보였다. 객관적인 평가로는 라치오가 더 좋은 팀이었으니 당연했다.

이는 노장 공격수 파르판의 활약이 컸다.

지난 시즌 이적한 헤페르손 파르판은 최고의 활약을 보여주며 팀을 우승으로 이끌었다.

이번 시즌에는 챔피언스리그 탈락 위기에서 팀을 구해내며 샬케 시절 이후 최고의 퍼포먼스라는 소리마저 듣는 중이었다.

비록 16강 상대인 라이프치히가 분데스리가를 폭격하는 중이지만, 로코모티프 모스크바 역시 쉬운 팀은 아니다.

2월의 모스크바는 굉장히 춥다.

눈발이 휘날리는 그들의 홈에서 적응하기란 쉽지 않을 테니까.

「[키커] 라이프치히, 하노버를 대파!」

16강을 앞둔 라이프치히는 하노버에게 대승을 거두며 예열을 마쳤다. 특히 세리가 최고의 활약을 보이며 사람들에게 극찬을 받았다.

「[빌트] 라이프치히의 마법사!」
「[빌트] 원지석, 세리는 최고의 미드필더」

원지석은 인터뷰로 세리를 유럽 최고의 미드필더 중 하나라고 칭찬했다.

혹여 자만심이 생길까, 공개적인 인터뷰에선 칭찬을 아끼는 그였기에 이례적인 일이라 볼 수 있을 것이다.

이제 라이프치히의 중원에서 세리는 빼놓을 수 없는 핵심이 되었다. 그 정도로 최근 그가 보여주는 퍼포먼스는 환상적이었다.

단순히 경기력만이 아니라 꽤나 많은 공격포인트를 쌓기도 했다. 리그에서만 벌써 13개의 어시스트를 기록했으니까.

선수들은 자신감을 가지며 원정길을 떠났다.

모스크바에 도착했을 때는 이미 해가 진 저녁이었는데, 선수들은 라이프치히보다 추운 날씨에 몸을 흠칫 떨었다.

"엄청 춥네!"

자기도 모르게 몸을 부르르 떨던 그들은 공항에 준비된 버스를 향해 서둘러 달렸다.

버스 안은 이미 히터를 틀고 있었기에 추운 몸을 녹여주었다. 따뜻한 공간에 들어서자 선수들이 한숨을 쉬며 목도리를 벗었다.

"이런 날에 축구를 할 수 있다고?"

추위를 잘 타는 선수들은 반대로 비니까지 눌러쓰며 몸을 끌어안았다.

현재 모스크바의 기온은 영하 17도.

영하 7도였던 라이프치히보다 두 배는 더 추운 날씨지만,

체감상 세 배 이상은 추운 것 같았다.

그들은 경기장에 가기 전 숙소에 도착해 짐을 풀었다. 구단에서 꽤 신경을 썼는지 좋은 호텔이었다.

오늘은 이곳에서 여독을 풀고 내일 있을 경기를 위해 컨디션을 유지해야만 했다.

퍼버벙!

그때 그들의 귓가를 어지럽히는 폭죽 소리에 선수들이 얼굴을 찌푸렸다.

"저 미친 새끼들."

원지석이 창문 밖을 보며 욕지거릴 내뱉었다.

밖에는 수많은 사람들이 모여 폭죽을 터뜨리거나 숙소를 향해 야유를 퍼붓는 게 보였다. 로코모티프 모스크바를 응원하는 극성팬들이었다.

이런 극성팬들은 로코모티프 모스크바만이 아니라 어디를 가더라도 존재했다.

이탈리아의 울트라스, 잉글랜드의 훌리건이 대표적인 케이스였다. 후자인 훌리건은 대대적인 단속으로 최근엔 사리는 모습을 보였지만.

그들은 내일 있을 경기에서 라이프치히 선수들의 컨디션을 떨어뜨리기 위해 온갖 방해 공작을 펼쳤다.

"잠 좀 자자, 개새끼들아!"

결국 케빈이 창문을 열며 소리를 질렀다.

하지만 그들은 아랑곳하지 않으며 홍염을 터뜨렸다.

홍염이 크게 타오르며 만들어낸 연기가 위로 올라오자 케빈이 창문을 닫았다. 독일어로 무언가 욕을 하며 커튼을 치는 것은 덤이었다.

이런 짜증 나는 일은 원정 팀들이 어쩔 수 없이 견뎌야 하는 일 중 하나였다.

물론 모든 팬들이 이런 일을 하는 건 아니다. 극성팬들 중에서도 특히 과격한 부류가 벌이는 소란일 뿐이지.

"귀마개를 챙겨 와서 다행이야."

케빈은 묵직한 가방에서 귀마개를 꺼냈다.

지난 나폴리 원정에서 울트라스의 소란에 한숨도 자지 못했던 일을 교훈으로 삼은 모양이었다.

다른 코치나 선수들 역시 귀마개나 헤드폰으로 시끄러운 소리를 차단하며 잠을 청했다.

*   *   *

날이 밝았다.

아침이 되니 그 시끄럽던 극성팬들도 사라진 뒤였다.

"모닝콜은 안 해주고 갔나 보네."

하품을 하던 원지석이 머리맡에 있던 안경을 썼다.

몸을 씻고 수건으로 닦아낸 그가 화장대 앞에 섰다. 거울
에는 원지석의 모습이 비쳤다.

감독이 되며, 연애를 하며 가장 달라진 점이 있다면 외모일
것이다.

얼굴이 바뀌었다는 뜻이 아니다.

항상 관리를 하고 있다는 뜻이었지.

제임스 풋볼 아카데미를 다닐 때만 하더라도 머리와 수염
이 덥수룩했지만 지금은 다르다.

미디어에 항상 모습을 보여야 하는 직업상 깔끔한 모습을
유지해야 했으니까.

뭐, 캐서린이 깔끔한 모습을 좋아한다는 게 가장 큰 이유였
지만.

"좋아."

머리를 깔끔하게 정돈한 그가 고개를 끄덕였다. 남들이 보
면 우습게 생각할지 몰라도, 캐서린의 친구이자 미용사인 쉐
릴에게 혼나면서까지 배운 방법이었다.

식당으로 내려오자 밥을 먹는 코치진들이 보였다.

그들과 인사를 나눈 원지석이 빈 접시를 하나 들었다. 조식
은 뷔페식이었다. 먹을 것을 담는 사이 선수들도 하나둘씩 모
습을 드러냈다.

배를 긁으며 나오는 녀석, 씻지도 않았는지 머리에 까치집을 지은 녀석까지. 심지어 아직 일어나지 못한 녀석은 스태프들이 깨우러 간 상태였다.

식사를 끝낸 그들은 휴식 시간을 가진 뒤 미리 섭외해 둔 훈련장에서 간단한 워밍업을 끝냈다.

현지 날씨에 살짝이나마 적응하기 위한 워밍업이었다.

"어우 추워!"

선수들은 몸을 풀면서도 그 추위에 기겁했다.

이렇게 잠깐이나마 현지를 느끼게 해준 원지석은 마지막으로 전술을 점검하고 선수들에게 휴식을 주었다.

해가 지고.

저녁이 되었다.

라이프치히 선수들을 태운 버스가 로코모티프 모스크바의 홈인 로코모티프 스타디움으로 가는 길이었다.

우우우우!!

길거리에서 응원을 하던 로코모티프 모스크바의 팬들이 버스를 향해 야유를 퍼부었다.

거기까지라면 문제가 없었을 터였다.

우끼끼! 우끼!

야유 속에 섞인 원숭이 흉내를 내는 소리가 들린 것이다. 그 조롱을 들은 흑인 선수들이 얼굴을 구겼다.

"신경 쓰지 마."

티모 베르너가 자신의 옆에 앉은 세리에게 속삭였다. 세리
는 쓴웃음을 지으며 헤드폰의 볼륨을 높였다.

"쓰레기 새끼들."

케빈은 그 소리에 경멸을 보냈다.

그러면서 슬쩍 원지석을 보니 그의 표정은 의외로 무덤덤
한 편이었다.

"왜요?"

"아니, 버스 세우고 달려 나갈 줄 알았지."

"무슨 마피아도 아니고. 저런 일은 경찰이나 구단에 항의해
야죠. 혹은 UEFA라든가."

어이가 없다는 듯 웃음을 터뜨린 원지석이 이윽고 눈을 감
았다.

화가 나지 않는 건 아니다.

하지만 버스에서 내려서 드잡이질을 할 수도 없는 노릇이
다.

안 그래도 그런 루머로 골치를 안고 있는 원지석이다. 폭력
적인 이슈가 만들어질 일은 피하는 게 좋았다. 분노는 이곳이
아닌 경기장에서 풀어야 했다.

─굉장히 추운 모스크바의 밤입니다.

—다행히 눈이 내리지 않아 경기에는 지장이 없겠지만, 대신 매서운 칼바람이 선수들을 괴롭히는군요.

　경기에 앞서 선수들은 평소보다 더욱 움직이며 몸을 풀었다.
　비가 오거나, 눈이 내리거나, 혹은 더럽게 춥거나. 모두 부상으로 이어지는 요인이다.
　로코모티프 모스크바의 라인업이 발표되었다.
　4231의 포메이션이었는데, 역시 최전방에는 헤페르손 파르판이 서며 라이프치히의 골문을 노렸다.

　—지난 시즌부터 아주 좋은 퍼포먼스를 보여주는 파르판입니다. 오늘 로코모티프 모스크바의 승패는 그의 발끝에 달려 있다고 봐도 좋아요.

　이에 맞서는 원정 팀 라이프치히의 라인업이 발표되었다.
　포백은 할슈텐베르크, 오르반, 히메네스, 베르나르두가.
　중원에는 뎀메, 세리, 캄플이.
　최전방에는 포르스베리, 베르너, 자비처가 이름을 올리며 433 포메이션이 짜여졌다. 경기의 운영에 따라 4141로 바뀔 가능성도 컸다.

경기가 시작되었다.

로코모티프 스타디움은 약 2만 8천 명을 수용하는 작은 경기장이지만, 홈 팬들의 분위기는 매우 흉흉했다.

이 추운 날씨에도 웃옷을 벗고 응원을 하는 그들을 보면 축구 응원이 아닌 전쟁을 하러 왔나 의심이 들 정도였다.

다만 그런 분위기와는 다르게 경기 내용은 라이프치히가 압도적인 모습으로 로코모티프 모스크바를 압도하고 있었다.

특히 이번 경기에서도 가장 눈에 띄는 것은 세리였다. 그는 직접 공을 끌고 로코모티프의 진영에 들어갔다.

개인기로 압박을 벗어난 세리가 그대로 긴 스루패스를 찔렀다.

샬케전과는 달리 아주 시원시원하게 뻗어 나간 패스를 자비처가 받았다. 로코모티프의 수비수들과 미드필더들이 그를 압박하기 위해 다가갈 때였다.

쾅!

자비처는 지체 없이 공을 찼다.

대포알 같은 슈팅이 골문을 향해 쏘아졌다.

설마 바로 슈팅을 때릴 줄은 몰랐는지 로코모티프의 골키퍼가 서둘러 몸을 던졌지만, 살짝 짧았다.

공은 이미 골대 구석으로 빨려 들어가고 있었으니까.

철썩!

얼마나 강한 슈팅이었는지 골 망을 흔든 공이 다시 밖으로 튕길 정도였다.

─고, 골입니다! 자비처의 강렬한 슈팅으로 골을 뽑아내는 라이프치히!

─환상적인 중거리 슈팅이었습니다!

자비처의 골은 시작일 뿐이었다.

라이프치히는 시종일관 로코모티프 모스크바를 반코트로 가두며 경기를 지배했다.

전반전이 끝날 때의 스코어는 2 : 0.

한 골을 추가한 자비처가 멀티골을 기록하며 잠깐의 휴식을 갖게 되었다.

후반전이 시작되면서도 별다른 변화는 이루어지지 않았다.

─파르판의 슈팅! 아쉽게 골대를 맞고 라인아웃됩니다!

노장 공격수 파르판만이 홀로 고군분투하며 팀의 공격을 살려보려 애썼지만, 결과적으로 골이 터지지 않았다.

그에 반해 라이프치히의 골 폭격은 멈추지 않고 계속 이어졌다.

후반 60분에 베르너가 한 골을 추가하고, 84분에는 자비처가 페널티킥을 성공시키며 해트트릭을 완성했다.

스코어는 4 : 0.

이번은 그때 일어났다.

처참한 경기력과 PK를 내준 것에 분노한 로코모티프 모스크바의 팬들이 야유를 보내기 시작한 것이다.

우우우우!

로코모티프 선수들은 기운 없는 얼굴로 머리를 긁적였다. 팬들은 야유를 멈추지 않았다.

선을 넘은 것은 조금 뒤의 일이었다.

오늘 세 개의 어시스트를 기록한 세리가 프리킥을 차기 위해 혼자 준비를 하고 있을 때였다.

우끼끼! 우끼끼!

그 소리에 세리의 얼굴이 굳었다.

원숭이 울음소리.

그것은 명백한 인종차별 행위였기 때문이다.

추가시간에 벌어진 일에 원지석이 당장 주심에게 달려가 항의를 했다.

—여러분! 그만두십시오!

경기장의 장내 아나운서도 그런 그들의 행동을 말렸다. 하지만 그들은 인종차별을 멈추지 않았다.

"당장 멈춰! 이 미친 새끼들아!"

원지석이 그런 홈팀 팬들에게 하지 말라는 제스처를 취하자, 그들은 타깃을 바꾸었다.

월월! 월월월!

이제는 개 울음소리가 들려왔다.

이는 원지석이 한국인이며, 개를 먹는다고 조롱하는 인종차별이었다.

―아, 이게 대체 무슨!

―로코모티프의 팬들이 정말 상식 이하의 행동을 보여주고 있습니다!

사태가 커지자 로코모티프의 감독인 유리 세민이 홈 팬들에게 자제할 것을 부탁했다.

그럼에도 그들의 조롱은 멈추지 않았다.

결국 유니폼을 벗은 세리가 그대로 바닥에 내팽개치며 경기장을 떠났다.

라이프치히의 다른 선수들이 그런 세리를 한 번씩 안아주며 위로를 보냈다.

삐이익!

개판인 경기는 추가시간이 끝나자 심판이 서둘러 경기를 종료시켰다.

경기가 끝난 뒤의 믹스트 존.

원지석은 얼음처럼 차가운 얼굴로 기자회견을 시작했다.

기자들은 그에게 아무 말도 묻지 않았다.

그가 뿜어내는 분노에 숨을 삼켰다.

이제 원지석은 분노를 숨기지 않았다.

"단언컨대."

으르렁거리듯.

분노한 짐승이 말을 이었다.

"내 축구 인생 중 가장 쓰레기 같은 경기였으며, 가장 좆같은 경험이었습니다."

           *   *   *

「[키커] 러시아에서 터진 인종차별 폭탄!」

「[BBC] 광기의 추가시간!」

「[ABC] 발칵 뒤집힌 유럽 축구계!」

로코모티프 모스크바 팬들의 추악한 행위는 중계를 통해

그대로 전해졌고, 세계 축구계에 큰 파장을 일으켰다.

범인은 평소에도 많은 문제를 일으키던 울트라스의 소행으로 알려졌다.

BBC가 실은 기사에는 그날의 광기가 적나라하게 찍혀 있었다.

관중을 바라보는 원지석의 뒷모습과.

그런 원지석을 향해 눈을 찢으며 조롱하는 로코모티프의 팬들이 사진으로 남겨진 것이다.

동양인의 눈을 흉내 내는, 일명 칭키 아이라 불리는 인종차별 행위였다.

그들은 개 울음소리와 함께 원지석에게 할 수 있는 모욕을 모두 쏟아냈다. 라이프치히가 경기장을 떠난 뒤에도 계속.

「[스카이스포츠] 이제는 감독도 인종차별에서 자유롭지 못하다」

이번 스캔들은 지금까지 터져왔던 인종차별 사건과는 조금 다른 점이 있었다.

보통 인종차별 스캔들은 선수들이 그 대상인 경우가 많았다. 하지만 이번에는 선수만이 아니라 감독마저 그 대상에 포함된 초유의 사건이었다.

"글쎄요, 감독이 선수에게 인종차별을 했다는 사건은 있지만 이런 경우가 있었나요? 제 기억에는 없군요."

방송에 나온 패널이 그렇게 말하며 어깨를 으쓱였다.

스카이스포츠의 방송인 슈퍼 선데이.

최근 큰 파장을 남긴 인종차별 이슈를 주제로 다룬 그들은 은퇴한 축구선수, 심판, 해설자를 패널로 초대하며 이번 사건을 다루었다.

사회자인 데이빗 존스가 조심스레 물었다.

"최근 유럽 축구계가 굉장히 들썩이고 있습니다. 이 여파가 어디까지 갈 거라 생각하십니까?"

"이번 일이 이렇게까지 주목받는 이유로 두 개를 꼽을 수 있군요."

하나는 그 무대가 챔피언스리그라는 것.

또 하나는 그 대상 중 하나가 원지석이었다는 것.

"특히 후자가 크네요."

옆에 있던 다른 패널이 맞장구를 치며 고개를 끄덕였다.

그 말처럼 지금까지 축구계에는 수많은 인종차별이 일어났다. 그중에는 크게 이슈가 된 일도, 흐지부지 사라진 일도 있었고.

챔피언스리그는 선수들에게 꿈의 무대라 불리는 곳이다. 그런 만큼 유럽이 아닌 전 세계가 주목하는 무대이기도 했다.

그런 대회의 16강에서 일이 터졌다.

사람들의 관심이 다를 수밖에 없었다.

물론 챔피언스리그에서도 인종차별 사건이 없던 것은 아니다.

최근에는 디나모 키예프의 울트라스가 그들의 옆에 앉은 흑인들을 조롱하고, 바이에른 뮌헨도 인종차별성 플래카드를 걸었다가 징계를 받았다.

"지금까지의 징계들은 약하다는 말이 많았어요. 선수가 인종차별을 당하면 아예 묻어두려고 한 경우도 있었죠."

패널들의 말대로.

인종차별 사건의 징계가 부족하다는 점은 늘 지적되었다.

특히 무관중 징계를 받은 디나모 키예프의 구장 책임자는 인터뷰로 흑인 전용 좌석을 설치해야겠다며 UEFA를 조롱했다.

우크라이나 축구 협회 역시 울트라스 바로 옆에 앉은 흑인들의 문제라며 정신 나간 비호를 할 정도였다.

이탈리아 리그의 선수인 설리 문타리 같은 경우는 인종차별에 항의하다 오히려 징계를 받을 위기에 처했었다.

그러나 이번에는 다르다.

차이를 만드는 건 원지석이었다.

"원은 현재 세계에서 가장 뛰어나며, 인기 있는 감독 중 한

명입니다. 특히 잉글랜드와 아시아에서의 인기는 상상을 초
월하죠."

챔피언스리그 개편 이후 처음으로 두 번 연속 빅이어를 들
었으며, 트레블이라는 대기록을 세운 스타 감독.

그런 사람이 인종차별을 당했고 분노를 터뜨렸다.

―나는 절대 이 사건을 좌시하지 않을 겁니다.

로코모티프 모스크바와의 경기가 끝나고 원지석이 마지막
으로 한 말이었다.

그는 물러서지 않을 것을 표명했다.

"이 사건이 어떤 결말로 끝날지는 확실하지 않습니다. 하지
만 저는 그가 무언가를 해낼 것 같은 느낌이 드는군요."

패널의 말을 끝으로 방송이 종료되었다.

*   *   *

챔피언스리그 16강 2차전까지는 약 한 달이 안 되는 시간
이 남았다.

그 기간 동안 적지 않은 일이 있었다.

우선 선수들이 인터뷰나 SNS를 통해 지지 선언을 했다.

라이프치히의 선수들이 아닌 첼시 선수들도 세리와 원지석을 응원할 것을 밝혔다.

응원은 거기서 멈추지 않았다.

전혀 상관없는 다른 팀, 다른 리그의 선수들까지 응원에 동참하며 세리와 원지석에게 힘을 보탠 것이다.

그들의 영향을 받아 축구 팬들은 자발적으로 경기장에 큰 걸개를 걸었다.

그 걸개에 쓰여진 문구.

No to Racism.

UEFA가 더 이상의 인종차별이 없도록 내거는 구호.

다행히도 아직 그 말에 동의를 해주는 사람이 훨씬 많은 축구계였다.

─그 새끼들은 팀을 우승으로 이끈 파르판을 아주 병신으로 만들었어. 대체 머리에 무슨 생각을 하고 사는 거지?

은퇴한 축구계의 레전드들은 로코모티프 모스크바의 팬들에게 독설을 날렸다.

헤페르손 파르판을 비롯해 로코모티프에도 흑인 선수들이 있기 때문이다.

그런 상황에 로코모티프 모스크바는 오히려 억울하다는 반응을 보여주며 공분을 샀다.

그들의 팬들 역시 SNS로 적반하장적인 태도를 보이며 불에 기름을 부었다.

—너희 리그 인종차별이나 신경 쓰지 그러냐.

—그리고 첼시 팬들 너넨 원지석이 감독으로 있을 때 했잖아?

원지석이 첼시에 있을 시절.

PSG와의 챔피언스리그가 끝나고 벌어진 일이었다.

경기가 끝나고 돌아가던 첼시의 팬들이 파리의 지하철에서 인종차별을 했던 일이 있었다.

그 사건은 원지석과 보드진의 강한 의지로 범인을 모두 색출했고, 이후 평생 경기장에 출입 금지되는 처벌을 받았다.

모든 팬들을 관리하는 건 사실상 불가능하다. 그렇기에 어떤 대처를 하느냐에 따라 팀의 의지를 보여줄 수 있었다.

하지만 로코모티프 모스크바는 그들의 팬들처럼 상황의 심각성을 인지하지 못했다.

「[키커] UEFA, 로코모티프의 챔피언스리그 진출권 박탈을 논의하는 중」

「[BBC] FIFA, 로코모티프 모스크바에게 엄중한 경고」

결국 FIFA까지 나서며 으름장을 놓았다.

일단 그들의 무관중 징계는 확정이었다.

추후 논의를 통해 이 무관중 징계가 늘어날 수 있으며, 최악의 경우 다음 시즌 챔피언스리그 진출권이 박탈될 수 있다.

발등에 불이 떨어진 뒤에야 로코모티프 모스크바는 부랴부랴 범인 색출에 모든 방법을 동원한다고 약속했다.

이제 남은 건 UEFA가 어떤 징계를 내리느냐, 그리고 그들의 2차전이 어떻게 끝나느냐였다.

라이프치히는 이후 리그 경기에서 한 번의 무승부를 기록하며 바이에른을 완전히 따돌리지 못했다. 리그에서도 안심할수는 없는 상황.

선수들이 훈련하는 모습을 지켜보던 원지석이 슬쩍 세리를보았다.

녀석은 그 사건 이후 어딘가 기운이 없어 보였다. 내색은안 하지만 역시 멘탈적으로 상처가 큰 모양이었다.

"세리!"

원지석이 그런 세리를 불렀다.

둘은 잠시 훈련장에서 벗어나 구석진 벤치에 앉았다.

스포츠 음료를 건넨 원지석이 그 옆에 앉으며 뚜껑을 땄다.

녀석은 그 음료수를 멍하니 보고 있었다.

"요즘 어때?"

"뭐, 그렇죠. 이런 일이 처음인 것도 아니니까요."

세리가 자신의 이야기를 시작했다.

포르투 1군에 자리를 잡지 못하고 쫓겨난 이야기, 이후 포르투갈 리그에서 뛰다가 프랑스의 니스로 이적한 이야기까지.

그 시간 동안 그를 향한 인종차별은 끊이질 않았다.

물론 모든 팀이 그런 건 아니다.

그렇기에 그 시간을 견딜 수 있었다.

자신을 믿어주는 감독과 동료들, 자신을 응원하는 팬들을 보며 힘을 냈다. 하지만 이번만큼 심했던 적은 없었다.

세리가 슬쩍 원지석을 보았다.

그는 무표정한 얼굴로 음료수를 마시는 중이었다.

"감독님은 괜찮으세요?"

"뭐가?"

"감독님도 당했잖아요?"

음료수 뚜껑을 닫은 원지석이 어깨를 으쓱이며 답했다.

"내 어릴 때 이야기나 해줄까?"

이윽고 피식 웃은 그가 몸을 일으켰다.

"음, 아니다. 아무튼 결론은 그거야. 내가 무서워한다고 걔들은 멈추지 않는다는 거."

지금까지는 싸울 명분이 없었지만.

이제는 다르다.

"적어도 내가 있는 팀에선 그런 일이 없도록 할 거다."

그는 첼시 시절부터 인종차별에 관한 이슈가 생기지 않도록 많은 노력을 기울였다.

그건 쓸모없는 일이 아니었다.

팬들의 인식을 바꾸게 하는 데 성공했으니까.

"그 새끼들이 바나나라도 내밀면 맛있게 먹어주자고."

다 마신 음료수 병을 쓰레기통에 던지고 떠나는 원지석의 뒷모습을 세리가 멍하니 보았다.

딸칵.

세리가 음료수 뚜껑을 땄다.

                    *   *   *

라이프치히와 로코모티프 모스크바의 2차전이 다가왔다.

라이프치히의 홈인 RB아레나는 비장한 분위기 속에 경기가 진행되었다.

홈 팬들은 원지석과 세리를 응원하는 걸개를 걸며 그들을 지지했다.

언론에 두들겨 맞고, 경기장의 분위기에 압도된 로코모티프 선수들은 경기력에서 완전히 밀리는 모습을 보였다.

　—아, 또 골입니다! 이걸로 멀티골을 달성하는 티모 베르너! 챔피언스리그에서만 열 번째 골입니다!
　—리그와 챔피언스리그를 가리지 않고 날카로운 골감각을 과시하는군요.

　그런 베르너는 셀레브레이션 없이 묵묵히 자신의 진영으로 돌아갔다.
　첫 골 때도 그랬다.
　아니, 오늘 골을 넣은 라이프치히 선수들은 모두 셀레브레이션을 하지 않았다. 무언가 사명을 가진 것처럼 비장한 모습으로 경기에 임했다.
　원지석 역시 무표정한 얼굴로 경기를 보았다.
　항상 열정적으로 경기를 지휘하던 모습만을 기억하던 팬들은 그런 원지석의 모습에서 낯선 느낌을 받았다. 그가 아직까지 화가 풀리지 않았다는 걸 단번에 깨달을 수 있었다.
　삐이익!
　마침내 경기가 끝났다.
　스코어는 5 : 0.
　라이프치히가 일방적으로 승리를 거둔 경기였다.

원! 원! 원!

원지석은 자신의 이름을 연호하는 관중들을 올려다보았다. 그러던 그가 오른손을 높이 드는 셀레브레이션을 보여주었다.

와아아!!

환호를 지르는 그들을 향해 원지석은 꽉 쥔 주먹을 흔들었다.

경기 후 믹스트 존.

아직까지 무표정한 얼굴의 원지석이 기자들과의 인터뷰를 시작했다. 그러던 중 한 기자가 직접적인 질문을 던졌다.

"선수와 감독님을 모욕한 팀을 시원하게 이겼습니다. 현재 기분이 좋으시겠는데요?"

"아니요. 이번 일은 절대 가벼이 넘어가선 안 됩니다."

UEFA의 징계가 나오기 전까지는 끝났다고 할 수 없다. 그렇기에 그는 그 점을 언급했다.

"지금까지의 인종차별은 징계가 너무 적었다는 지적을 계속해서 받았습니다. 하지만 이후로도 바뀌지 않았고, 이런 일은 더욱 심해졌죠."

이번 사건이 이 정도로 사람들의 입에 오르내린 이유는 그가 유명한 감독이기 때문이다.

만약 원지석이란 감독이 아닌, 유명하지 않은 사람이 이런 일을 겪었을 경우 평소처럼 흐지부지하며 넘어갈 가능성도 컸다.

"UEFA가 어떤 선택을 할지는 모르겠네요. 하지만 하나 분명한 것이 있군요."

원지석은 카메라를 보며 단호한 목소리로 말을 이었다.

"축구에 피부색은 중요하지 않습니다."

「[키커] 피부색은 중요하지 않다」
「[BBC] 축구인들에게 파문을 남긴 그의 말」

그의 말은 사람들에게 많은 것을 남겼다.

이제 사람들은 UEFA가 어떤 결정을 내리는지 지켜보았다.

「[오피셜] UEFA, 로코모티프 모스크바의 징계 결정」
「[오피셜] 로코모티프 모스크바, 다음 시즌 챔피언스리그 진출권 박탈」

마침내 UEFA가 칼을 뽑았다.

무관중 징계는 총 다섯 경기로 늘어났으며.

그들은 이번 시즌 챔피언스리그 진출권을 따내더라도 다음 시즌 챔피언스리그에 참가하지 못할 것이다.

사무실에서 그 발표를 본 원지석이 피식 웃으며 태블릿의 화면을 껐다.

솔직히 말해 예상하지 못한 징계였다. 그냥 무관중 징계나 때리고 말 거라 생각했지만, 인종차별로 인한 유럽 대항전 징계는 이번이 처음이었다.

UEFA가 정말 마음을 독하게 먹은 것이다.

"나쁘지 않아."

이번 사건은 이것으로 일단락되었다.

하지만 추후 이런 일이 또 일어나지 말란 법은 없다. 그때에도 원지석은 물러나지 않을 생각이었다.

"그 전에."

원지석은 일정표를 확인했다.

아직 상대가 정해지지 않은 챔피언스리그 8강전, 그리고 분데스리가. 모두 굉장히 중요한 일정들이었다.

물론 라이프치히는 어떤 팀을 만나더라도 승리할 거라는 자신감이 있었다. 그런 생각을 하며 8강전 추첨을 기다릴 때였다.

"미친 시벌."

8강전 상대를 확인한 원지석이 무심코 욕지거릴 내뱉었다.

추첨을 통해 뽑힌 상대는 바이에른 뮌헨.

벌써부터 난적을 만나게 된 것이다. 사실 그거뿐이라면 이겨내야 할 문제였다.

진짜 문제는.

"일정 한번 환상적이네."

원지석은 일정표를 보았다.

바이에른, 바이에른, 바이에른.

챔피언스리그 8강전 사이에 껴 있는 리그 일정 역시 바이에른과의 경기였기 때문이다.

라이프치히에겐 지옥의 3연전이나 마찬가지였다.

                    *   *   *

「[키커] 경악스러운 3연전!」

「[빌트] 게임에서나 나올 법한 일정이 짜이다」

사람들 역시 라이프치히와 바이에른 뮌헨의 3연전에 큰 관심을 드러냈다.

분데스리가 일정은 시즌이 시작하기 전에 짜인다. 거기에 챔피언스리그 8강 일정이 낀 것일 뿐.

만약 8강에서 다른 팀을 만났다면 상관없겠지만, 하필이면 거기서 만난 상대가 바이에른이란 게 문제였다.

이렇게 해서 바이에른, 바이에른, 바이에른이라는 끔찍한 일정이 완성되었다. 누군가의 말대로 게임에서나 볼 법한 상황.

「[빌트] 일정에 떨떠름한 바이에른」

바이에른 역시 이 3연전에 부담스럽다는 반응을 보였다. 그 것은 라이프치히의 수장이 원지석이라는 게 컸다.

바이에른 킬러.

첼시 시절부터 바이에른을 꾸준히 잡으며 생긴 별명.

이번 시즌 전반기에도 바이에른을 꺾으며 그 명성을 재확인 한 만큼 그들에겐 부담스러운 감독이었다.

어느 팀이 이길지는 모른다.

그러나 이 일정이 향후 양 팀의 챔피언스리그와 분데스리가 의 운명을 결정지을 중요한 순간인 것은 분명했다.

라이프치히에게 불안한 요소는 바이에른의 홈인 알리안츠 아레나였다.

8강전의 1차전은 라이프치히의 홈에서 열리지만, 이후 리그 와 2차전은 뮌헨의 홈에서 치러지기 때문이다.

그렇기에 라이프치히는 1차전에서 최대한 좋은 결과를 얻 어야 했다.

물론 두 팀이 바로 붙는 건 아니다.

8강전까지는 약 한 달이란 시간이 남았다.

만약 그 전에 한 팀이 부진을 겪는다면, 리그 판도가 또 어떻게 변할지 모르는 일이었으니까.

「[BBC] 징계에 억울한 로코모티프. 항소 준비?」

한편 유럽 대항전 진출 금지 징계를 받은 로코모티프 모스크바는 억울하다는 반응을 보였다. 항소를 준비한다는 소식도 들렸지만 제대로 통할지는 모르는 일이었다.

"끔찍한 일이었죠. 어쩌면 인생에서 가장 끔찍한 경험이었어요."

세리가 씁쓸한 얼굴로 말했다.

지금 그가 있는 곳은 BBC와의 인터뷰 자리였다.

독일 언론인 키커와는 이미 많은 말을 했지만 영국에서 온 BBC와는 처음이었다.

인종차별에 관한 다큐멘터리를 만든다는데, 최근 큰 파장을 일으킨 사건의 핵심 인물인 만큼 그들이 직접 찾아온 것이다.

"로코모티프와의 1차전 후 바로 있었던 리그 경기에서는 부진했었죠? 그 일이 영향을 미쳤나요?"

"없다고 하면 거짓말이겠죠. 그래도 부진한 건 제 책임이니까요. 핑계를 댈 생각은 없습니다."

"그런 상황에 로코모티프와의 2차전에선 굉장히 좋은 경기력을 보였는데, 아무래도 자극이 되었는지?"

짓궂은 질문에 세리가 쓴웃음을 지었다.

이 질문을 위한 빌드 업이란 걸 뒤늦게 깨달은 것이다.

그 질문대로 세리는 2차전에서 분풀이를 하듯 펄펄 나는 모습을 보여주며 경기 최우수선수로 뽑혔다.

BBC에선 10점이란 평점을, 키커에겐 1점을 받으며 각국의 언론들에게도 그 활약을 인정받았다.

"그런 것도 있지만, 결정적인 것은 감독님 덕분이었죠."

"감독님? 원 감독을 말하는 건가요?"

PD들이 눈을 빛냈다.

원지석은 잉글랜드 최고의 스타 감독이다. 독일로 떠나고선 반년이 지났지만 아직도 그의 인기는 식지 않았다.

자칫 지루해질 수 있는 다큐멘터리로선 훌륭한 소재거리였기에 PD들의 입에 웃음꽃이 폈다.

"훈련장에서 감독님이 해준 말 덕분에 멘탈을 추스를 수 있었어요. 짧은 이야기였지만 그걸로 충분했습니다."

자기 팀 아래에서 그런 일은 없도록 하겠다는 원지석의 말. 인종차별은 끊임없이 일어나는 끔찍한 사건이었다.

그 말처럼 그런 끔찍한 일은 사라져야 한다.

"네, 피부색은 상관없어요."

　세리가 인터뷰를 하는 동안 원지석은 사무실에서 일을 하고 있었다. 그때 책상 위에 둔 스마트폰이 진동으로 떨리자 그가 화면을 확인했다.

　한채희.

　그의 에이전트이자 축구계에선 검은 마녀라 불리는 여자. 그런 그녀가 오랜만에 연락을 한 것이다.

　"여보세요?"

　―목소리를 들어보니 별걱정은 하지 않아도 되겠네요.

　퇴폐미 넘치는 목소리가 귓가를 애무하듯 자극했다. 그녀는 계속해서 말을 이었다.

　―일이 잘 풀려서 다행이에요.

　"아, 감사합니다."

　아무래도 인종차별에 관한 사건 때문에 안부를 묻는 겸 전화를 한 모양이었다.

　걱정인지, 혹은 흥밋거리가 사라질까 우려된 건지. 어찌 되었든 원지석으로선 의외라고 느낄 전화였다.

　"그런데 요즘 바쁘신가 봐요?"

　원지석은 그녀의 근황을 전혀 알지 못했다. 결혼식 때도 잠깐 나타나 얼굴을 비치고 사라질 정도로, 최근 그 행방이 묘연했던 한채희였으니까.

아직도 런던에서 생활하는지, 혹은 이사를 갔는지도 모른다. 어쩌면 지금도 카페에서 여유롭게 커피를 마시고 있지 않을까?

—네. 재미있는 일이 있어서.

후훗 하는 소리에 원지석이 눈을 끔뻑였다.

평소처럼 퇴폐미 가득한 웃음이 아닌 즐겁다는 듯 밝은 느낌이 드는 웃음소리.

그녀도 이렇게 웃을 수 있는 사람이었구나.

별거 아닌 일인데도 굉장히 새롭게 느껴지는 사실이었다.

"재미있는 일?"

—아직은 저만의 비밀로 하죠.

한채희는 보물을 꼭꼭 숨긴 아이처럼 대답을 회피했다. 굳이 캐물을 생각은 없었던지 원지석도 어깨를 으쓱이며 화제를 돌렸다.

그렇게 대화를 나누던 둘은 다음에 보자는 말과 함께 전화를 끊었다.

"응?"

전화를 끊은 원지석은 하나의 메일이 온 것을 깨달았다. 케빈에게서 온 메일이었다.

「그때 말했던 그 유망주!」

메일 제목을 보며 원지석이 고개를 갸웃거렸다. 일단 해킹
이나 스팸은 아닌 거 같은데.

볼을 긁적이며 내용을 확인하던 원지석의 눈이 이채를 띠
기 시작했다.

브레노 페레이라.

겨울 이적 시장에서 언급되었던, 레드불 브라질이 발굴한
유망주. 그가 최근 데뷔를 하며 뛰어난 활약을 보여주는 중이
라고 한다.

메일에는 영상 자료가 첨부되어 있었다.

"흐음."

원지석은 손가락으로 책상을 두들기며 브레노 페레이라의
영상 자료를 보았다.

확실히 눈에 띄는 선수였다.

거기다 시간이 지날수록 성장하는 모습이 보였다.

만약 이 성장세가 멈추지 않는다면 바로 유럽에 데려와도
괜찮을 정도로.

케빈은 브라질의 명문 팀들이나, 다른 유럽 팀들이 집적거
리기 전에 바로 콜업 하는 건 어떠냐는 말을 남겼다.

"일단 여름까지 지켜봐야지."

그는 영상을 끄며 중얼거렸다.

어찌 되었든 성장을 주목할 유망주인 것은 틀림없다. 이제 원지석은 소년의 이름을 확실히 기억할 것이다.

"브레노 페레이라."

여름에 다시 봤으면 좋으련만.

*   *   *

라이프치히는 챔피언스리그 8강에 앞서 먼저 있는 리그 경기들을 차근차근 준비했다.

후반기가 시작하며 바이에른 뮌헨은 전승을, 라이프치히는 두 번의 무승부를 기록하며 결국 승점 차이는 1점까지 좁혀진 상황.

이렇게 된다면 후반기 바이에른과의 경기가 매우 중요해질 수밖에 없다.

「[빌트] 나겔스만, 어느 팀이든 지고 싶지 않다」

호펜하임의 감독인 나겔스만은 곧 있을 라이프치히와의 경기를 앞두고 그런 인터뷰를 남겼다.

바이에른 뮌헨과 라이프치히의 3연전이 워낙 화제가 되어서 그렇지, 호펜하임 역시 험난한 일정을 앞두고 있었다.

라이프치히전을 시작으로 바이에른 뮌헨, 레버쿠젠, 샬케라는 빡센 일정이 기다리고 있었으니까.

「[키커] 분데스리가의 키를 쥔 나겔스만」

호펜하임이 분데스리가의 캐스팅 보트를 쥐고 있다는 건 과장된 말이 아니다.

만약 그들이 라이프치히나 바이에른과의 경기에서 비기거나 이긴다면?

그럴 경우 우승 판도에 큰 변수가 생긴다. 뒤에 있는 레버쿠젠과 샬케와의 경기 역시 마찬가지다.

저 두 팀은 호펜하임과 챔피언스리그 진출권을 놓고 다투는 경쟁자들이기에 쉽게 볼 수 없었다.

그렇기에 호펜하임이 앞선 두 경기에 힘을 빼고, 뒤에 있을 경기에서 전력을 다하지 않을까 하는 추측이 나왔다.

"헛소리입니다. 우리는 모든 경기를 승리하기 위해 싸울 겁니다."

나겔스만은 인터뷰를 통해 그러한 여론을 일갈하며 각오를 다졌다.

그 말이 거짓이 아니라는 듯 라이프치히와의 경기를 앞두고 호펜하임은 베스트 라인업을 뽑았다.

골키퍼 바우만이 여전히 골문을 지켰고, 쓰리백의 핵심인 휘브너 역시 그대로 있었다.

중원의 핵심인 나디엠 아미리는 이번 시즌 자신의 잠재성을 서서히 만개하며 분데스리가에서도 수준급의 미드필더로 성장했다.

한편 호펜하임은 약점으로 지적받던 공격진을 겨울 이적 시장을 통해 몇몇 선수를 데려와 보강에 성공했다.

AC 밀란의 타깃형 스트라이커인 니콜라 칼리니치를 임대로 영입한 것이다.

키가 크며 활동량이 괜찮아 압박을 해주고, 부족한 결정력이 지적되지만 발이 빨라 역습에 적합한 스트라이커.

이전 팀이었던 밀란에선 크게 부진하며 호펜하임이 저렴한 가격에 임대로 데려올 수 있었다. 거기다 데뷔전에서 데뷔골을 성공시키며 팬들의 기대를 받았고.

호펜하임은 거기서 멈추지 않으며 측면공격수로 토트넘의 에릭 라멜라를 임대 영입 했다.

활동량이 뛰어나 수비 압박을 도와주는 선수고, 패스 역시 창의적이어서 호펜하임의 공격에 창조성을 불어넣었다.

나겔스만이 조합한 크라마리치, 칼리니치, 라멜라로 이루어지는 쓰리톱은 후반기 시작과 함께 괜찮은 활약을 보였다.

라이프치히는 그들의 343 포메이션에 맞서기 위해 4231 포메이션을 꺼냈다.

포백은 할슈텐베르크, 히메네스, 우파메카노, 베르나르두가.

중원은 세리와 뎀메가 섰으며.

공격형미드필더로는 포르스베리가, 양 측면에는 브루마와 자비처가 섰다.

마지막 최전방에는 티모 베르너가 호펜하임의 골문을 뚫기 위해 대기 중이었다.

─오늘은 포르스베리가 공격형미드필더로서 나오는군요?

─워낙 뛰어난 플레이메이커이기도 하니까요. 브루마와의 시너지를 지켜보는 것도 경기의 포인트 중 하나가 될 거 같습니다.

호펜하임의 단단한 쓰리백을 뚫기 위해 브루마가 투입되었다.

전반기의 경기에서도 교체로 들어가 좋은 활약을 보인 브루마였다. 원지석은 오늘 그가 다시 한번 그 모습을 보여주길 바랐다.

삐이익!

경기가 시작되었다.

오늘 호펜하임의 쓰리톱은 역습에 특화된 만큼, 그들은 수비 라인을 낮추며 역습에 나서는 전술을 택했다.

반면 라이프치히의 중원인 세리와 뎀메는 높이 올라오지 않고 경기를 조율하며 호펜하임의 역습을 사전에 차단시켰다.

눈치 싸움과 함께 서로가 공격을 한두 번씩 주고받으며 간을 볼 때였다.

결국 먼저 칼을 뽑은 건 호펜하임이었다.

세리가 잠깐 올라간 사이 뎀메 혼자 남겨진 기회를 놓치지 않은 것이다.

나디엠 아미리가 긴 패스를 찔렀다.

그 공을 받은 것은 임대생인 에릭 라멜라였다.

그는 공이 없을 때의 움직임이 좋은 편에 속했다. 거기다 활동량마저 좋으니 이런 롱패스를 잘 받는 편이었다.

—에릭 라멜라가 달립니다! 동시에 칼리니치와 크라마리치가 함께 달려요! 빠릅니다!

크라마리치와 칼리니치 역시 발이 빠른 공격수들이었다. 그만큼 호펜하임의 역습은 굉장히 스피드하게 진행되었다.

할슈텐베르크가 그런 라멜라의 앞을 막았다.

드리블을 멈춘 라멜라가 페널티에어리어를 향해 달리는 칼리니치를 보았다. 거구의 공격수, 그리고 달려오는 힘을 이용한다면.

계산을 끝낸 그가 몸을 한번 접으며 날카로운 얼리크로스를 날렸다.

휘어지는 크로스를 칼리니치가 점프하며 헤딩에 성공했다. 달려오던 힘을 그대로 실었기에 레이저 같은 헤딩슛이 골문을 강타했다.

터엉!

라이프치히의 굴라치 골키퍼가 반응도 하지 못했던 헤딩슛이 골문에 튕기며 라인을 벗어났다.

만약 헤딩이 살짝 더 안으로 갔다면 꼼짝없이 골을 먹혔을 것이다.

"위험한데."

원지석은 턱을 괴며 그 모습을 보았다.

이번 경기, 아무래도 쉽지 않다.

26 ROUND
지옥의 3연전 I

경기는 라이프치히가 주도하는 쪽으로 흘렀다.

호펜하임은 점유율을 포기하는 대신 몸을 웅크리며 언제라도 역습할 기회를 엿보았다.

그들의 콘셉트는 확실하다.

또한 위협적이었다.

칼리니치가 큰 키를 이용해 포스트플레이를 해주고, 크라마리치가 처진 공격수처럼 중앙으로 파고들며 날카로운 슈팅을 날린다.

오른쪽 윙어로 나온 라멜라는 역습에 창의성을 불어넣었다.

단순히 플레이 메이킹을 하는 데서 그치지 않고, 본인이 직접 공을 끌고 달린 뒤 올리는 크로스는 날카로웠다.

ㅡ지금까지의 흐름을 보면 오히려 호펜하임의 역습이 더 날카롭군요?
ㅡ라이프치히가 공을 오래 소유하고 있지만 점유율이 꼭 효율에 연결되는 건 아니니까요.

나겔스만이 꽤 많은 준비를 했다는 걸 알 수 있는 경기였다. 특히 이전 팀에선 욕만 먹던 칼리니치와 라멜라의 폼을 부활시킨 것도 대단한 일이다.

원지석도 바보는 아니다.

그는 호펜하임의 쓰리톱을 더 확실히 압박하고, 대신 라이프치히의 윙어들에게 자유를 주었다.

브루마와 자비처는 수비 라인을 깨기 위한 라이프치히의 칼날이었다. 이들이 수비 라인을 휘저으면 휘저을수록 다른 선수들의 기회가 찾아왔다.

ㅡ순간적인 스피드로 돌파하는 브루마!

호펜하임의 오른쪽 윙백인 카데라바크를 따돌린 브루마가

페널티에어리어 쪽을 보며 계속해서 드리블을 했다.

베르너는 휘브너에게 마크되어 있었다. 크로스를 올려도 키 차이가 워낙 크기에 헤딩은 불가능해 보이는 상황.

"더 들어가!"

터치라인에서 크게 손짓하는 원지석의 모습이 보였다. 들어가기에는 각도가 좁아 보였지만, 일단 감독의 말이니까.

페널티박스 안쪽으로 침투하는 브루마를 보며 호펜하임 수비진도 대응에 나섰다.

쓰리백 중 하나인 폭트였다.

그는 194cm라는 큰 체구에서 나오는 강력한 피지컬을 이용해 태클을 하는 센터백이다.

'덩치!'

브루마가 폭트를 보며 눈을 빛냈다.

이 녀석에 대한 자료는 이미 훈련 때 지겹도록 들었다.

브루마가 공을 왼쪽으로 치며 그쪽으로 몸을 숙였다. 그 순간 폭트가 몸으로 그의 앞을 막으며 태클을 시도했다.

'지금!'

왼쪽 발이 공의 방향을 바꾸었다.

폭트의 다리 사이로 공이 흘러가는 것과 동시에 브루마가 속도를 올렸다.

폭발적인 속도로 자신의 옆을 지나가는 브루마를 보내줄

수 없다는 듯, 폭트가 그 유니폼을 잡고선 놓지 않았다.

"아오!"

유니폼이 늘어지면서도 브루마는 발을 멈추지 않았다. 결국 흐르는 공을 쫓아간 그는 그대로 슈팅을 때렸다.

─약간의 차이로 골문을 벗어나는 슈팅!

─브루마에겐 아쉬웠던 순간이었습니다!

자세가 흐트러져서 그런지 살짝 뜨고 만 슈팅을 보며 브루마가 혀를 내밀고는 한숨을 쉬었다.

이후에도 브루마가 최전방으로 올라가면 그 빈자리를 포르스베리가 대신해 측면에 섰다.

혹은 자비처가 최전방에 올라갈 때에는 브루마가 내려오고, 포르스베리가 오른쪽 윙어로 빠지며 균형을 유지했다.

─라이프치히의 공격 시 포메이션이 442로 바뀌었군요. 호펜하임의 역습을 신경 쓴 조치로 보입니다.

호펜하임의 양 윙백들은 기존의 브루마와 자비처만으로도 벅찬 상황에, 포르스베리마저 그들을 괴롭히니 정신을 차리지 못하고 있었다.

결국 이러한 흔들기는 수비진의 실책을 만들었다.

자비처가 슈팅 대신 백패스로 공을 흘렸고, 이를 포르스베리가 원터치 패스로 수비 라인을 무너뜨렸다.

─고오올! 전반전이 끝나기 직전 마침내 골을 뽑아내는 라이프치히!

재빠르게 달려온 베르너가 그 패스를 논스톱 발리슛으로 마무리한 것이다.

포르스베리의 넓은 시야와 판단력이 빛을 본 장면이었다.

삐이익!

베르너의 골을 끝으로 전반전이 종료되었다.

라이프치히로서는 굉장히 중요한 순간에 넣은 골이었고, 호펜하임은 후반전의 계획이 틀어진 상황.

"잘하고 있어."

원지석은 라커 룸에서 선수들에게 지금처럼만 하라는 말을 남겼다. 그러고는 후반전을 위해 코치진들과 이야기를 나누었다.

"바보가 아니라면 공격적으로 나오겠지."

"역시 공격수를 하나 더 투입할까요?"

"그럴 수도 있고."

케빈은 그렇게 말하며 머리를 긁적였다.

나겔스만은 생각보다 과감한 수를 즐겨 쓰는 감독이다. 말은 이렇게 해도 또 예측을 비트는 수를 꺼낼지 몰랐다.

"설마 수비수를 투입하겠어?"

이 말은 현실이 되었다.

후반전이 시작하며.

호펜하임은 선수교체를 알렸다.

"뭐?"

터치라인에 돌아온 원지석이 볼을 긁적이며 교체 장면을 보았다.

교체를 기다리는 선수의 이름은 악포구마. 센터백 유망주인 그가 중앙미드필더와 교체되며 들어간 것이다.

'아예 중원을 포기하겠다는 건가?'

수비와 공격을 극단적으로 나눈 역습 전술일 수도 있다. 어떤 변화인지는 곧 알게 될 터였다.

후반전이 시작되었다.

교체로 들어간 악포구마는 192㎝라는 큰 키를 가진 센터백이다. 그런 그가 중앙에서 아미리와 함께 호흡을 맞추었다.

확실히 호펜하임의 쓰리톱은 전반보다 적극적인 자세를 취했다.

특히 칼리니치와 라멜라가 좀 더 위에서 압박을 하며 라이프치히의 플레이 메이킹을 방해하고, 바로 역습을 가져가는 식이었다.

수비형미드필더 자리에 선 악포구마는 파이팅 넘치는 압박을 하며 라이프치히의 점유율을 뺏어왔다.

다만 빌드 업에 미숙한 점이 있어 아미리가 팀의 모든 플레이 메이킹을 책임져야만 하는 한계가 있었다.

원지석은 그런 아미리를 집중적으로 마크시키며 호펜하임의 패스 줄기를 끊었다.

그러면서도 호펜하임의 쓰리톱을 계속해서 압박하니 선수들도 슬슬 지칠 시점이었다.

결국 라이프치히의 실수가 터졌다.

할슈텐베르크의 터치 미스로 라멜라에게 공을 빼앗긴 것이다.

라멜라의 긴 패스가 곧바로 역습을 시도하는 칼리니치에게 배달되었다.

―칼리니치가 달립니다! 빨라요!

칼리니치는 자신에게 수비를 집중시킨 후 헐거워진 수비 사이로 스루패스를 흘렸다.

데구르르 흐르는 공을 향해 달려가는 남자.

그는 측면에서 중앙까지 쉬지 않고 달리며 침투한 크라마리치였다.

—크라마리치! 슛! 슈우우웃!!

쾅!
강하게 때린 공이 골문 구석을 향해 강하게 쏘아졌지만 필사적으로 손을 뻗은 굴라치에게 막히며 아웃되고 말았다.

—아아아! 골키퍼의 손을 맞고 튕기는 슈팅!

"잘했어!"
원지석은 굴라치의 선방에 박수를 보냈다.
한 골이나 다름없는 슈퍼세이브였다.
이후 호펜하임 선수들이 세트피스를 위해 올라왔다. 헤딩 경합을 위해 서로 비비적거리는 모습을 보니 확실히 굉장히 큰 선수들이 많았다.
칼리니치만 해도 187㎝이며, 수비수들인 휘브너와 폭트는 190㎝가 넘는다. 교체로 들어온 악포구마 역시 마찬가지였고.
이 세트피스를 위한 전술이 아닌가 싶을 정도로 머리 하나씩은 큰 호펜하임 선수들이었다.

호펜하임의 코너 키커인 아미리가 뒷걸음질을 칠 때였다.

히메네스와 자리싸움을 하던 악포구마가 갑자기 페널티박스를 벗어났다. 그것과 동시에 아미리가 코너킥을 올렸다.

약속된 세트피스.

악포구마는 날카로운 크로스를 중간에 잘라먹으며 방향을 골문으로 바꾸었다.

바로 전에 팀을 구해냈던 굴라치는 이번엔 꼼짝도 하지 못하며 골 망이 출렁이는 걸 멍하니 바라볼 뿐이었다.

—아아아! 교체로 들어온 악포구마가 골을 터뜨립니다! 골키퍼가 반응도 하지 못할 정도로 구석을 향해 빨려 들어간 헤딩골!

스코어는 1 : 1.

기어코 동점골을 뽑아낸 호펜하임이었다.

이후 라이프치히는 골을 넣기 위해 공격을 몰아쳤지만 호펜하임의 골문은 열리지 않았다.

오히려 경기 막판, 선수들의 집중력이 흐트러진 틈을 타 칼리니치가 역전골을 넣을 뻔한 걸 겨우 막아낼 정도였으니까.

삐이익!

결국 경기는 무승부로 끝이 났다.

결국 나겔스만이 후반전에 띄운 교체수가 승점 1점을 얻는 데 성공한 것이다.

―똑같은 승점 1점이지만, 호펜하임이 득을 본 셈입니다.

"후우."

원지석은 한숨을 쉬며 안경을 고쳐 썼다.

가능하면 모든 경기를 이기고 싶었지만 이미 끝난 경기다.

시간을 돌릴 수는 없다.

'경각심을 일깨우는 계기로 삼아야지.'

좋은 약은 입에 쓴 법이라니까.

팀을 되돌아볼 기회로 삼고 앞으로 나아가야 한다.

그렇게 생각을 정리할 때였다.

나겔스만이 다가와 손을 내밀었다.

그 손을 잡아 악수를 나누던 원지석이 입을 열었다.

"좋은 경기였습니다."

"좋은 경기였어요."

"한 방 먹었네요."

그 말에 나겔스만이 씨익 웃었다.

마치 어른의 칭찬을 받고 좋아하는 아이처럼.

"저도 경기가 잘못 풀리진 않을까 조마조마했습니다."

지고 있는 상황에서의 센터백 투입.

만약 더 골을 먹혔다면 답이 없는 상황이었다.

"걱정 마요. 바이에른전에서도 최선을 다할 거니까."

"응원하죠."

응원한다는 말은 진심이었다.

그걸 느꼈는지 나겔스만이 웃음을 터뜨렸다.

이후 서로의 등을 한 번씩 두드려 준 둘은 그대로 몸을 돌렸다.

"참!"

그때 나겔스만이 원지석의 등을 보며 소리쳤다. 슬쩍 고개를 돌리니, 나겔스만은 본인의 가슴을 탕탕 두드리며 말했다.

"테데스코보다 내가 낫죠?"

그렇게 말하곤 다시 발걸음을 옮기는 나겔스만의 모습을 보며 원지석이 피식 웃었다.

'묘해.'

다르면서도 묘하게 닮은 두 사람이었다.

*   *   *

「[키커] 다시 같아진 승점!」

「[빌트] 원지석의 승점 2점을 빼앗은 나겔스만의 승부수!」

라이프치히와 호펜하임의 무승부는 많은 사람들을 놀라게
했다.

　다른 곳에서 경기를 하던 바이에른이 하노버를 상대로 승
리를 거두었기에 이제 라이프치히와의 승점은 같은 상황.

　또다시 분데스리가 우승의 행방은 미궁으로 빠지나 싶을
때였다. 아무도 호펜하임에 대해 신경 쓰지 않았다.

　진짜 이변은 그때 일어났다.

　「[키커] 호펜하임, 바이에른을 격파!」
　「[빌트] 함부르크를 꺾은 라이프치히, 다시 1위로 오르다!」

　호펜하임이 바이에른을 3 : 1이란 스코어로 꺾으며 분데스
리가의 순위가 다시 한번 출렁인 것이다.

　충격적인 결과.

　바이에른이 며칠 뒤에 있을 라이프치히와의 챔피언스리그
를 신경 쓰며 로테이션을 돌렸다고 해도, 이런 패배를 예상한
사람은 아무도 없었다.

　반면 라이프치히는 같은 라운드에서 승리를 거두며 바이에
른과의 승점을 3점 차이로 벌렸다.

　승점 3점.

한 경기 차이.

아직까진 어느 팀도 안심할 수 없다.

「[키커] 운명의 3연전이 시작된다!」

이제 바이에른과 라이프치히의 3연전도 얼마 남지 않았다.

챔피언스리그도 그렇지만.

가운데 낀 분데스리가 일정도 우승에 있어 매우 중요한 한 판이 될 터였다.

그렇기에 사람들은 이 두 팀의 일정에 꽤나 많은 기대감을 드러냈다. 전반전의 경기에서도 두 팀은 매우 치열한 싸움을 보이며 사람들의 환호를 이끌었다.

그랬던 팀들이 세 번이나 맞붙으니 어찌 기대를 하지 않을 수 있겠는가.

이제 사람들의 관심은 3연전의 첫 번째 경기이자 챔피언스리그 1차전이 열리는 RB아레나로 향했다.

하지만.

─오르반의 실수로 또다시 실점하는 라이프치히!

넘어진 오르반이 고개를 들지 못하며 잔디를 쥐어뜯었다.

골을 넣은 코망이 동료들과 셀레브레이션을 나누며 기쁨을 만끽하는 모습도 보였다. 그의 주변에 몰려 함께 환호하는 바이에른의 선수들도.

벌써 2 : 0.

라이프치히는 두 골 차로 바이에른에게 끌려가고 있었다.

*   *   *

두 번째 골이 들어간 순간.

RB아레나는 침묵에 빠졌다.

처음 골을 넣은 사람은 바이에른의 스트라이커인 레반도프스키였다.

수비수를 앞두고 있던 그는 가벼운 페인팅 동작만으로 슈팅 각도를 만들었다. 그리고 그대로 슛.

슈팅은 골문 아래쪽 구석을 향해 쏘아졌고, 굴라치 골키퍼가 몸을 날렸지만 끝내 막지 못했다.

허무하게 먹힌 첫 골.

레반도프스키의 엄청난 킥력이 만들어낸 골이었다.

원정골을 먹힌 라이프치히는 스코어를 만회하기 위해 라인을 올리며 공격적인 변화를 주었다.

바이에른은 점유율을 유지하며 쉽게 공을 내주지 않았다.

오히려 라이프치히의 높게 올린 라인을 이용해 역습에 나설 때도 있었다.

그렇다고 해서 라이프치히의 공격이 나쁜 것은 아니다.

위험을 감수하는 만큼 그들의 수비진을 효과적으로 위협했지만, 거기까지였다. 중요한 골이 터지지 않은 것이다.

전반기의 패배를 만회하겠다는 듯 바이에른의 센터백들과 골키퍼인 노이어는 엄청난 활약을 보여주며 무실점을 유지했다.

그러다 두 번째 골이 터졌다.

바이에른의 오른쪽 풀백인 키미히가 역습의 시발점이었다.

그가 올린 크로스는 대지를 가르며 왼쪽 측면을 달리던 코망에게 정확히 배달되었다.

그대로 페널티박스 안까지 침투한 코망은 어렵지 않게 추가 골을 뽑아냈다. 그야말로 그림 같은 역습 장면이었다.

ㅡ오늘 오르반 선수의 폼이 좋지 못하군요.

ㅡ방금 실점 장면도 잘못된 위치 선정으로 코망을 놓친 게 원인이 되었습니다.

이 두 실점의 빌미가 된 오르반은 중계진들이 직접 비판을 할 정도였다.

첫 번째 실점 장면이야 레반도프스키의 개인 기량에 압도되었다 치더라도, 두 번째 실점은 코망을 완전히 놓친 그의 실책이었기 때문이다.

"시발!"

오르반이 잔디를 쥐어뜯으며 욕지거릴 내뱉었다.

그 역시 자신의 실수를 자각하고 있었기에 더욱 화가 나는 순간이었다.

두 번째 실점 이후 라이프치히의 수비진은 어딘가 어설픈 느낌을 지우지 못했다.

이는 다른 것보다 주장인 오르반이 흔들린 게 가장 컸다. 그는 팀의 센터백이자 수비진을 지휘하는 주장이다.

비록 수비 능력에서 최고의 모습을 보여주진 못하지만 커맨딩 능력으로 팀의 수비를 이끌었던 만큼.

그런 오르반의 멘탈이 흔들리자 수비진 전체가 흔들리게 되었다.

"정신 차려!"

터치라인에 있던 원지석이 소리를 질렀지만 이를 놓칠 바이에른이 아니다. 그들은 오르반을 집요하게 노리며 수비진을 지속적으로 흔들었다.

결국 전반전이 끝나고 하프타임에서야 겨우 멘탈을 추스른 오르반이었다.

이후 후반전에서는 조금 더 안정적인 수비가 가능했지만 바이에른의 공격에 힘들어하는 모습이 그대로 보였다.

─오늘 라이프치히의 전체적인 퍼포먼스가 좋지 않군요.

중계 카메라가 벤치에 앉아 있는 원지석을 잡았다.

그는 굉장히 굳어진 얼굴로 경기장을 보고 있었다. 팔짱 밖으로 나온 주먹이 피가 날 듯 쥐어져 부들부들 떨리는 것도 잡혔다.

─아⋯⋯.

중계진은 그 모습을 보며 입을 다물었다.

화면 너머인데도 괜히 침이 삼켜질 정도의 분노가 느껴졌기 때문이다.

삐이익!

경기가 끝났다.

아무 반전이 없었던.

홈에서 2 : 0이란 패배를 당한 라이프치히였다.

「[키커] 1차전에서 2 : 0으로 승리를 거둔 바이에른!」

「[빌트] 최악의 스타트를 끊은 라이프치히!」

생각보다 싱겁게 끝난 경기에 사람들은 이후 2차전에서도 바이에른의 수월한 승리를 예상했다.

그도 그럴 게 이미 바이에른은 두 개의 원정골을 적립했고, 남은 두 경기는 그들의 홈인 알리안츠 아레나에서 치러진다.

라이프치히가 이 열세를 바꾸기에는 불가능한 상황으로 보였다.

「[빌트] 패배에 아무것도 하지 못한 원!」

기사에는 심각한 모습의 원지석이 찍혀 있었다. 하지만 그런 분노에도 불구하고 경기는 뒤집어지지 않았다.

지금까지 도발적인 인터뷰를 많이 한 원지석이었기에 사람들은 그런 그를 비웃었다.

—깝치더니 꼴좋네.
—이제 제자리 찾으러 가자.

그런 상황 속에 분데스리가가 시작되었다.

이번 3연전은 경기마다 이틀에서 사흘의 휴식을 두고 이어진다. 체력적으로도 빠듯한 강행군이었다.

「[키커] 분데스리가의 운명이 걸린 경기」

경기력이야 어쨌든 이번 경기는 추후 리그 경쟁을 결정 지을 중요한 순간이다.

뮌헨까지 함께한 라이프치히의 팬들은 아예 일주일치 숙소 예약을 하며 응원 의지를 불태웠다.

그렇게 분데스리가의 운명이 걸린 경기가 시작되었다.

바이에른 뮌헨은 반드시 잡아야 할 경기인 만큼 핵심 선수들을 모두 내보냈다. 반면 라이프치히는 로테이션을 취하며 2차전을 대비했다.

─오늘 라이프치히는 바이에른보다 리그에 신경을 덜 쓰는 것 같군요.

풀백에 클로스터만이, 센터백에 일잔커가, 수비형미드필더에는 카이저가.

거기다 최전방에는 폴센과 오귀스탱이 이름을 올리며 파격적인 라인업을 올렸다.

―그만큼 2차전을 중요하게 여기는 거겠지만, 어찌 보면 경기를 포기한 게 아닐까 싶은 라인업입니다.

핵심 선수들을 뺀 대가는 컸다.

라이프치히는 경기 내내 바이에른에게 휘둘리며 끌려가는 모습을 보였기 때문이다.

로테이션으로 들어온 선수들이 나쁜 선수들이란 게 아니다. 다만 그 상대인 바이에른이 너무 강한 상대라는 게 문제였다.

0 : 0.

스코어의 변화가 없지만.

이 균형을 유지하고 있다는 게 다행일 정도로 일방적인 흐름이었다.

삐이익!

경기 종료를 알리는 휘슬이 울렸다.

결국 라이프치히는 필사적인 수비로 경기를 겨우 비길 수 있었다. 아니, 비겨서 다행인 경기였다.

이로써 바이에른과의 승점은 그대로 유지되었다. 다만 경기를 포기한 것 같은 모양새는 사람들에게 좋은 시선을 받지 못했다.

「[키커] 졸전 끝에 무승부를 거둔 라이프치히」
「[빌트] 결국 전통이 없는 팀의 한계인가?」

바이에른이라면 그런 라인업을 올리지 않았을 것이다. 도르
트문트라면, 어떤 팀이라면.

그러한 비난이 라이프치히와 원지석을 향해 쏟아졌다.

아무리 2차전이 중요하다고 해도 리그의 우승이 걸린 경기
에서 그런 라인업을 내놓을 수 있냐는 거였다.

—역시 안 되는 건가.

—뭐 항상 이렇지.

동시에 라이프치히를 향한 부정적인 여론이 찾아왔다.

결국 라이프치히가 우승을 하지 못할 거라는 회의적인 반
응이 나온 것이다.

축구는 1위를 질주하던 팀이 언제든지 추락할 수 있는 스
포츠다.

그 이유로는 선수단의 사기, 부상, 부진같이 여러 가지가 있
을 정도로, 얼마든지 슬럼프가 올 수 있다.

원지석은 경기가 끝나고 기자회견을 가졌다.

"선수들이 강행군을 뛸 수도 있었겠죠. 하지만 우리는 오늘

최고가 아니더라도 나쁘지 않은 결과를 얻었어요."

필요에 의한 선택.

확실히 결과만을 보자면 나쁘지 않은 선택이었다.

사람들도 그 이유를 알고 있었다. 그럼에도 부정적인 의견이 나오는 것은 그만큼 높은 기대감이 무너지며 나타난 실망일지도 몰랐다.

"하지만 겁을 먹었다거나, 응원을 하러 온 팬들이 실망한 점은 어떻게 생각하십니까?"

"그런 소리는 신경 쓰지 않습니다. 다만 팬들에게는 위로를 전하고 싶네요."

팬들은 비싼 티켓값을 지불하며 경기장을 찾아왔다. 그런 상황에 실망스러운 경기가 나왔으니 원지석은 그들의 마음을 이해한다.

그렇기에 이 말을 약속할 수 있었다.

"삼 일 뒤."

삼 일 뒤에 있을 챔피언스리그 8강 2차전.

원지석은 안경을 고쳐 쓰며 말했다.

"그때는 다를 겁니다."

＊　　　＊　　　＊

「[빌트] 원정 팬들의 숙박비를 지불한 라이프치히!」

라이프치히는 팬들의 마음을 달랠 겸 그들의 숙박비를 대신 계산했다. 거기다 대중교통을 이용하는 팬들에겐 교통비를 지원한다는 말까지 전했다.

효과는 뛰어났던지 팬들의 반응도 많이 누그러지며 잠잠해진 편이었다.

머리가 식고 나니 이제는 왜 그런 선택을 했는지 고개가 끄덕여졌기 때문이다.

—왜 그래? 주전 다 내보내 놓고 무승부를 기록한 건 바이에른 뮌헨인데?

이제 중요한 것은 곧 있을 챔피언스리그 8강 2차전이다. 여기서 반전에 성공한다면 원지석의 선택은 최고의 선택이란 소리 들을 터.

「[키커] 이제 긴장해야 될 것은 바이에른이다」

핵심 선수들을 모두 내보낸 바이에른은 체력적인 부담이 있을 수밖에 없다.

물론 두 개의 원정골을 무시할 수 없지만 안심하기엔 이르다. 이미 첼시 시절 바이에른을 상대로 세 골 차이를 뒤집은 원지석이니까.

「[키커] 하인케스, 우리는 물러서지 않는다」

하인케스는 수비적인 축구를 하지 않을 거라며 의지를 불태웠다. 최근 분위기를 의식한 인터뷰인 모양이었다.

「[빌트] 반전은 남아 있다」

그 말처럼 반전의 여지는 남았다.
운명의 경기가 찾아왔다.
이 마지막 경기에 따라 3연전의 승자가 갈린다.

─양 팀 모두 핵심 선수를 내보냈습니다.
─과연 원지석 감독의 노림수가 통할지 궁금하네요.

양 팀의 라인업이 발표되었다.
바이에른 뮌헨은 1차전, 리그 때와 똑같은 라인업을 들고 왔다.

포백에는 알라바, 훔멜스, 보아텡, 키미히가.

중원에는 하메스, 뮐러의 뒤를 하비 마르티네스가 받쳤으며.

최전방에는 코망, 레반도프스키, 리베리가 서며 포메이션만 다를 뿐 동일한 라인업이 이름을 올렸다.

노련한 하인케스 감독이 몇 명의 선수에게 로테이션을 주지 않을까 생각했지만, 정말 핵심 선수가 모두 나온 것이다.

—이건 좀 의외이긴 하네요. 벤치에 있는 슐레 같은 선수들을 믿지 못한 걸까요?

—그런 것도 있겠지만 자존심 싸움이 아닐까 싶습니다. 처음부터 압도적인 모습으로 박살을 내버리겠다는 의중이 느껴지는군요.

"늙은이가."

벤치에 앉은 케빈이 뭐가 그리 좋은지 이를 드러내며 웃었다. 그 역시 하인케스의 속마음을 느꼈다. 은퇴까지 했던 양반이 꽤나 화끈하지 않은가.

"제대로 붙어보자고."

터치라인에 선 원지석이 그렇게 중얼거릴 때 라이프치히 선수들이 터널을 지나 경기장에 들어왔다.

오늘 라이프치히의 포백은 할슈텐베르크, 우파메카노, 히메네스, 베르나르두가.

중원은 포르스베리, 세리, 뎀메, 브루마가.

최전방에는 베르너와 자비처가 나오며 442 포메이션이 구성됐다.

브루마가 오른쪽 윙어로 나온 적은 몇 번 있지만 이렇게 강팀을 상대로 나오는 것은 처음이었다.

"후우."

누군가의 한숨인지.

혹은 웃음인지 모를 소리가 선수들의 귓가를 간지럽혔다.

삐이익!

경기 시작을 알리는 휘슬이 불렸다.

휴식을 취한 라이프치히 선수들은 더욱 활발하게 움직이며 바이에른을 압박했다.

바이에른 역시 지지 않겠다는 듯 라인을 높게 올리며 라이프치히의 숨통을 조였다.

체력적인 부담이 심하게 오는 것은 후반전부터다. 그렇기에 지금 차이를 더욱 벌려둬야만 한다.

하지만 그 순간.

공을 뺏은 브루마가 그대로 오른쪽 측면을 향해 달렸다.

베르너는 페널티박스 안을 향해, 자비처는 수비 라인을 타고 달리며 브루마에게 선택을 주었다.

"가!"

터치라인에서 소리치던 원지석의 말을 들은 것인지 브루마가 측면 끝을 향했다. 그때 바이에른의 왼쪽 풀백인 알라바가 그의 앞을 막았다.

"잘해보자고."

"공은 내놓고 가."

알라바가 압박을 시도하자 브루마는 몸을 돌리며 각도를 만들었다. 뒤에서 태클이 들어왔을 때 공은 이미 중앙의 세리에게 보내진 뒤였다.

세리는 그 공을 원터치 패스로 톡 찍어서 페널티박스 안을 향해 보냈다.

"자비처!"

골문을 등지고 있던 베르너가 그렇게 소리치며 공을 가슴으로 받았다.

가슴 트래핑?

아니.

베르너의 가슴에 튕긴 공은 앞에 있던 자비처를 향해 포물선을 그렸다.

자비처는 그 공을 보며 발을 높이 들었다.

시저스킥. 바이시클킥. 오버헤드킥. 다양한 이름으로 불리는 공중 곡예가 그의 발끝에서 터졌다.

―아, 아아아!! 자비처어어!!
―골입니다 골! 경기가 시작하고 10분도 되지 않아 한 골
을 만회한 자비처의 환상적인 슛!

바이에른 뮌헨의 홈인 알리안츠 아레나가 침묵에 빠졌다.
잔디에 쓰러졌던 자비처가 벌떡 몸을 일으키며 공을 주웠
다. 그리고 자기 진영으로 복귀하며 카메라를 향해 손가락 하
나를 폈다.
한 골.
"경기 아직 안 끝났어."
그 말대로.
경기는 이제 시작이다.

『스페셜 원: 가장 특별한 감독』 5권에 계속…

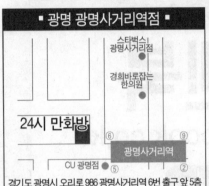
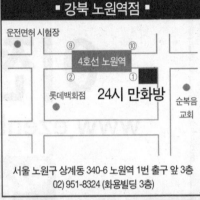
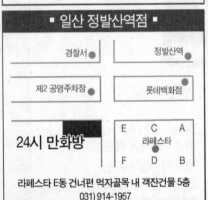
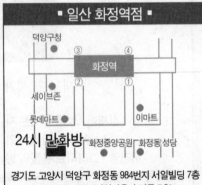
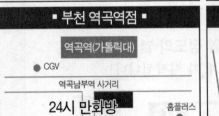

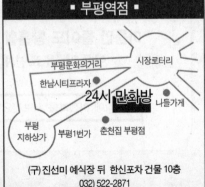